Terre des hommes

Antoine de Saint-Exupéry

愛米粒
出版有限公司
Emily Publishing
Company, Ltd.

謹以本書獻給我的夥伴，亨利．吉奧梅[1]

安東尼．聖修伯里　一九三九年

1 Henri Guillaumet：一九〇二～一九四〇，法國飛行員，他對法國的航空郵航路線暨後來商業航線的開拓，有著非常大的貢獻。

航線 009
夥伴 033
飛機 055
飛機與星球 061
綠洲 079
沙漠中 089
沙漠中央 135
人類 195

CONTENT

大地能教給我們的東西比書本多得多。因為大地常拒我們於千里之外，而人呢，總是要在艱難的時刻才能有所領悟。只是，想要深入剖析大地，需要工具，需要刨土機，或是翻土機。農民在田間勞動，就這樣一點一點地從大自然身上刨出些許祕密，而他翻出的自然真諦，便是放諸世界皆準的真理。飛機也是一樣的，它是規劃空中航線的工具，帶著人翻出所有的亙古難題。

第一次在夜間飛越阿根廷上空的畫面，始終在我眼前，揮之不去。那是一個漆黑的夜，只見平原寥寥燈火幾點，如同星光閃爍。

在這片浩瀚墨色大海中，每一點燈火都代表著一個意識的奇蹟。那戶人家，有人在讀書，有人在思考，有人在訴說著衷曲。另一戶人家，或許，有人正在努力地探索空間的奧祕，窮盡一切腦力，進行有關仙女座星雲（Nébuleuse d'Andromède）的計算。那裡，人們相愛。這些散落鄉野的燈火，彷彿缺乏補給似的，隱隱泛著光，而且愈離愈遠。最後連那些最黯淡的，好比詩人的家、小學老師的家，與木匠的家也都一一離去。然而，在這些有人生活的星星當中，還有多少扇窗是緊閉的，有多少顆星是熄滅的，有多少人沉睡……

一定要試著跟它們接上頭。一定要努力跟這些離得愈來愈遠的，在鄉野間點亮的幾點燈火聯繫上。

航線

1

那是一九二六年的事了。那時，我剛剛加入拉特科埃公司[2]成為菜鳥飛行員。該公司在郵政航空公司，以及後來的法國航空公司（Air France）成立之前，專責土魯斯—達卡之間的航空郵務。我在那裡學到了關於這一行的一切。如今換成我，一如我的同事一樣，開始接受新進飛行員在獲得駕駛郵航機的榮耀前，必須挨過的見習試煉：試飛，從土魯斯到佩皮尼昂之間往返通勤，在冰冷的機庫後頭學習粗淺得可憐的氣象學知識。我們每一個都活在對西班牙群山的恐懼中，雖然我們還沒有真正見識到這些高山，當然還有對老鳥的敬佩。

我們會在餐廳碰到這些老鳥，他們性格暴躁，有點拒人於外，但他們的建議，我們都非常看重。每當他們其中的一個，從亞利坎提[3]或是卡薩布蘭加飛回來，一身雨水濡濕的皮衣，姍姍來遲地加入我們，若我們當中的某個人畏怯地出聲詢問了他旅途情況時，他們簡短的回答，暴風雨的日子，在我們心底打造了一個奇幻的世界，裡面充滿了各種圈套、陷阱、陡然聳立的懸崖，與能拔起雪松的氣旋。黑色巨龍守著山谷出入口，一簇簇閃電滿佈山

2 Latécoère：位於法國土魯斯的飛機製造公司，成立於一九一七年，早期以水上飛機系列聞名於世，如今仍是許多知名飛機製造公司的重要零件供應商。

3 Alicante：西班牙臨地中海港口。

頭。這些老鳥用科學知識來營造我們對他們的敬佩。只是，有時候，當他們之中有人沒能返航時，這份敬佩會變成亙古長存的敬意。

因此，我清楚地記得布里在柯爾比耶山脈[4]殉職前，回來的那一天。這位資深的飛行員走到我們旁邊坐下，一言不發，面色陰沉地吃著東西，肩膀還看得見他用力使過勁的痕跡。那天正是那種天候不佳的日子，傍晚時分，飛行航線從頭到尾，全線都被該死的爛天氣包圍，在飛行員的眼裡，路上的每一座山都像是在油水裡翻滾，活像舊時帆船上那些斷了纜繩的砲彈，在甲板上不停地滾動。我望著布里，嚥了嚥口水，終於大著膽子開口問他，這趟航行是否非常辛苦。布里沒在聽，他前額深鎖，專注在他的盤子上。天候不佳時，我們在沒有遮蔽的飛機上，身子必須盡量貼近擋風玻璃，這樣才能夠看得清楚，但兩隻耳朵就只有挨著狂風長時間拍打的分了。布里終究還是抬起了頭，他好像聽見了我的問話，想起了什麼，然後突然爆出一陣清脆的笑聲。這笑聲讓我振奮起來，因為布里很少笑，這短暫的笑突顯了他的疲憊。他沒有對他的這趟成功之旅多做其他說明，旋即低下頭，再度安靜地吃起來。然而，在餐廳的灰暗燭光下，在來這裡消除一整天工作疲累的基層公務

4 Les Corbieres：位於法國東南，是前庇里牛斯山山麓的一部分，東臨地中海。

員當中，眼前這位有著一雙厚實臂膀的同事，在我眼裡變得出奇地高大，隱藏在他粗獷外表底下的天使破繭而出，打敗了巨龍。

被叫進主任辦公室的那一晚，終於來了。他只淡淡地說了：

「你明天出發？」

我愣在那裡，站得直挺挺地，等著他開口叫我離開。

但在短暫的靜默之後，他又補了一句：

「規定，你都知道得很清楚了吧？」

那個年頭的引擎，不像現在的引擎，根本沒有安全保障。它們常常毫無預警地突然熄火，在恍如杯盤摔碎的哐啷巨響中拋棄我們。我們只能舉手投降，朝著根本找不到迫降點的西班牙嶙峋山石衝過去。「在這裡，萬一引擎完蛋了，我們都很清楚，很不幸的，整架飛機過不了多久也會跟著完蛋。」只是，飛機摔壞了，會有新的來。重點是絕對不能盲飛撞上山石。因此，公司祭出最嚴厲的罰責，嚴禁我們在山區飛行時飛到雲海之上。飛行員在帶狀雲層上飛行，常在鑽進下方如白雪的亂麻叢時，因為能見度低而擦撞山峰。

這就是為什麼，那天晚上，那聲音徐徐地再次重申了這條規定：

「看著羅盤指針飛越西班牙，凌駕層層雲海，的確很美妙，也非常地優雅，只是……」

那聲音變得更慢了：

「……但，你要記得：在雲海之下……才是永生。」

就這樣，當我們穿出雲層，眼前出現的那片祥和世界，如此勻稱、平坦、單純的世界，突然在我心裡有了一種前所未有的意義。這份美好搖身一變，卻成一道陷阱。我想像著這片遼闊的雪白陷阱，早已設置好，就擺在我的腳下。下頭，正如我們預想的，沒有萬頭鑽動、人群喧囂或街市的車水馬龍，而是靜到不能再靜的絕對安靜，極致的安詳。這片白色的膠水條，在我眼裡，已經成為真實與非真實之間的一道界線，劃開了已知與未知。我也已經能猜到，這景象本身不具任何意義，除非你透過文化、文明、專業的角度來審視它。山區居民也知道有雲海，但他們無法真正體會到這層帷幕的奇幻之處。

走出辦公室，內心有一股幼稚的驕傲勁兒，終於輪到我上場了。今日破曉時分，我將擔下機上乘客安危的重任，駕駛一架非洲郵航機。在此同時，我也深刻地感受到了自己的渺小卑微。我覺得自己還沒有準備好。西班牙境內沒有幾個能緊急迫降的地方。我很怕，怕飛機引擎故障，怕不知道哪裡可以找到待援之地。我垂頭盯著死板板的地圖，上面完全沒有我要的資訊。就這樣，內心交雜著渺小與驕傲情緒的我，在這臨上戰場的前夕，跑到了同事吉奧梅的家裡。吉奧梅很早就飛過這些路線。吉奧梅很清楚西班牙地區的領戰首領會使出什麼樣的手段。我得請吉奧梅教教我。

一踏進他家門，就聽見他笑著說：

「我聽說了。你很高興吧？」

他從架上取了瓶波特酒跟杯子，走到我身旁，臉上笑容依舊。

「我們要好好地喝一杯。你等著瞧，會很順利的。」

他散發出的自信，就跟屋裡的燈光一樣，灑亮四周。我這位同事後來打破了郵航機飛越安地斯山脈（La Cordillere des Andes）與南大西洋的雙紀錄。不過，在此之前，幾年前的一個夜晚，他身上只穿了件很簡單的襯衫，站在燈光下，雙手交叉橫抱，臉上笑容和善至極。他只簡短地說了：「暴風雨、濃霧、雪，有時候是有些麻煩。這時，你就想想那些早在你之前就碰過這些麻煩的人，然後對自己說：他們做得到，我也可以。」我還是攤開了我帶來的地圖，不死心地請他陪我順了一遍這趟飛行路線。燈光下，我低著頭，挨著前輩的肩膀，找回了主教團契似的平靜。

然而，這是怎樣一堂奇特的地理課啊！吉奧梅沒有教我認識西班牙地理。他把西班牙變成了我的朋友。他沒講河川水文，沒提人口分佈，也沒說牛羊牧群。他沒提瓜迪斯[5]，卻明確地指出瓜迪斯附近有三棵柳橙樹，就長在田邊上：「你要小心這些樹，把它們標示在你的地圖上……」於是，在我的地圖上，這三顆柳橙樹佔據的面積比內華達山脈還大（Sierra Nevada）。他沒有跟我聊洛爾卡[6]，反倒是聊到了洛爾卡附近有一座樸實的農莊。一座有人居住的農莊。裡面有對遺世獨立的夫婦，他們距離我們雖有一千五百公里之遙，卻有著無可比擬的重要性。他們在自己的山坡上安穩地過日子，像是燈塔守望員，隨時隨地樂於為掉落在他們那片天空底下的人伸出援手。

我們就這樣從地理學家的疏漏中，從他們無法想像的遙遠地域裡，挑出這些個全世界的地理學家通通忽略掉的細節。因為地理學家只對一路餵養孕育了許多大城市的厄波羅河[7]感興趣。對那條隱身在墨特里爾[8]西方的小溪，這培育了三十多種花卉的母河，則一點興趣都沒有。「你要注意這條小溪，它會侵蝕田地……把它也畫進你的地圖上。」啊！我想起來了，這是墨特里爾之蛇！它看起來一點都不起眼，只隱約地呼出些許呢喃，間或夾雜幾

5 Guadix：西班牙南部安達盧西亞自治區的城市。
6 Lorca：西班牙東南部城市。
7 Ebre：伊比利半島第二大河，從西北往東南方向流入地中海。
8 Motril：西班牙南部安達盧西亞自治區的城市。

聲清脆蛙鳴，但它只是假裝睡著了。它隱身在這片看似如若天堂的完美迫降地，躺在草叢裡，窺伺著遠在兩千公里之上的我。一逮到機會，就把我變成一團火球……

另外，還有那三十隻戰羊，我義無反顧地等著牠們出現，就在那兒，在那片丘陵山坡地上，一隻隻蓄勢待發。「你以為這草原是片自由天地，然後，嘩啦！接著就瞧見那三十隻羊衝進輪子底……」我呢，臉上爆出燦爛的微笑，回應他口中的凶險危機。

於是，地圖上的西班牙，在燈光底下，漸漸地，變成了一個童話國度。我把迫降點和陷阱點都標上了十字記號。也標注了那座農莊、那三十隻羊、那條小溪。我把那位被地理學家遺忘的牧羊女，帶到她的正確位置上。

我向吉奧梅告辭離開。此時的我，覺得需要在這冰冷的夜裡走一走。我豎起大衣領子，信步走入周遭一無所知的行人當中，年輕的心熱情澎湃。我與這些毫無所悉的民眾擦肩而過，內心隱藏著的祕密，讓我感到驕傲。這群無知的人，他們不認識我，但他們的煩惱，他們的激動，都將跟著破曉時由我負責運送的郵包，交託到我的手上，他們的殷殷寄望全都握在我的手裡。就這樣，我裹著暖和的大衣，邁開護佑者的腳步，混跡他們之中，只是他們完全不知道我的這份護佑之情。

他們也不會收到今天晚上我接收到的訊息。這場或許已經正在醞釀的暴風雪，事關我的生死安危，也可能會擾亂我的第一次飛行。星光一點接著一點殞滅，街上行走的人，他們怎麼可能會知道呢？眾人皆醉，唯我獨醒。還好有人在敵人進攻之前，把他們的部署位置透露給我了……

儘管如此，在燈火通明的櫥窗前收到這些指令，壓得我心情異常沉重，而且窗內還擺滿了閃亮的聖誕禮物。這片大地似乎把所有美好的事物都展現在這個深夜的所在，我只能獨自品嘗被剝奪了這一切的微醺傲氣。我是個面臨危險的戰士：眼前這些為了夜裡歡慶佳節而閃耀的水晶物件、燈罩、書，對我又有什麼意義呢？身為民航飛行員的我，早已身浴薄霧，在咀嚼夜航的酸苦滋味了。

凌晨三點，我被人搖醒。我使勁拉開百葉窗，看見城裡正在下雨，隨即嚴肅地開始著裝。

半個小時後，我已坐在自己的小皮箱上，在被雨水淋得發亮的人行道上等候。此番終於輪到我，輪到我等候前來接我的小巴士。在我之前，已經不知道有多少的同事，同樣地，在這個受到認可的大日子裡，一顆心七上八下的，翹首等候。終於，那輛老爺車噴著金屬碰撞的嘎吱聲，從街角冒了出來。終於，輪到我跟其他的同事一樣，有權擠進小巴的長椅，緊挨著睡眼惺忪的海關人員，與幾名辦事員比肩而坐。這輛小巴裡頭，充斥著空氣不流通、行政效率低下、與能將人一生志氣消磨殆盡的老舊辦公室味道。每隔五百公尺，它就會停下來，再吸納一名祕書，再來是一位海關人員，一名督察。剛上車用力擠進座位的乘客一逕地跟人打著招呼，瞇眼打著盹的乘客則含混地咕噥回應，沒多久這些新上車的乘客也跟著進入了夢鄉。車輪輾著土魯斯高低不平的石板路面，小巴彷彿變成可悲的驛馬車。混在一批公務員之中的民航飛行員，完全沒有任何特別突出之處……但街燈往後閃逝，但基地逐漸逼近，這輛晃得快散架的老舊小巴只不過是一顆灰色的蛹，裡頭的人就要變身踏出。

每個同事，就這樣，在類似的清晨，在看似卑微地一再忍受督察員怒火的脆弱下屬外表下，內心生出一股西班牙和非洲郵航捨我其誰的責任感，生出一股在三個小時之後，即將迎戰奧斯皮塔萊特[9]閃電巨龍的雄心壯志……而在四個小時後，戰勝了巨龍的我們將握有完全的權力，可自由地決定是否繞道海面，或者直接迎戰阿爾奎山[10]，與暴風雨、山巒、海洋周旋。

每個同事就這樣，在類似的清晨裡，隱沒在土魯斯冬季陰沉天空的無名

9 Hospitalet：西班牙東北，加泰隆尼亞地區城市。
10 massifs d'Alcoy：位於西班牙亞利坎提省的山脈。

小隊伍中，感到內心那股雄心逐漸壯大，並在五個小時後，將北方的風雨和雪水拋在身後，推走寒冬，漸漸脫離引擎的轄制，開始朝著盛夏降落，落在亞利坎提的燦爛驕陽下。

那輛老舊的小巴不見了，但它表現出來的寒酸、乘坐時的那種不舒服感，卻鮮活地留在我的腦子裡。它具體地呈現了我們這一行必得經歷的酸甜苦辣。我還記得三年後，我在車上，從旁人不到十句的交談裡，得知了飛行員勒克里凡[11]的死訊，他跟數百位民航飛行員一樣，不知是在大霧瀰漫的白天或是深夜裡，永遠地步下了人生的舞臺。

也是這樣的清晨，三點十分，同樣的靜寂，我們聽到身影沒入黑暗、恍若隱形人的主任提高音量對督察說：

「昨晚，勒克里凡沒有在卡薩布蘭加降落。」

「啊！」督察輕呼，「啊？」

然後，他彷彿整個被人從夢裡拉出來似的，強行振作精神讓自己清醒，並表現出關切之意，緊接著問道：

「啊！是喔？他沒能衝過去？他掉頭了？」

11 Emile Lecrivain：一八九七～一九二九，郵政航空飛行員。

小巴的深處，有人給了簡短的回答：「沒有。」我們都等著聽後續，但沒了，不再有隻字片語。隨著時間分秒的流逝，很顯然地這一聲「沒有」後面再沒下文了，這聲「沒有」是落錘定音之聲，勒克里凡不僅沒有在卡薩布蘭加降落，他可能再也不會在任何地方降落了。就這樣，那個清晨，我的郵航飛行首航日，輪到我接受這個行業的神聖入門洗禮了，我覺得自己一點信心都沒有，呆望著窗外路燈照耀下的銀亮碎石路面。窗外地面水窪映照出大片的棕櫚葉，隨風搖擺。我不禁要想：「我的第一次飛行……真的……運氣欠佳。」我抬起頭，對督察說：「天候不佳嗎？」督察懶懶地朝窗外看了一眼，最後嘟囔著說：「這些不能代表什麼。」我心裡忖度，是要出現什麼樣的徵兆，才能判定天候不佳。昨天夜裡，光是看見吉奧梅臉上的笑容，就足以讓我抹去前輩們所留下的，積存在我們心上的所有不祥兆示，但如今這些預兆又都回到了我的腦裡。「舉凡對這條航線不夠明瞭，不是每一塊石頭都摸得清清楚楚的人，萬一他們遇上了暴風雪，我也只能一掬同情之淚……啊！是的！我同情這位仁兄！……」他們必須維護這一行的魅力，然後一邊點著頭，一邊微感侷促地朝我們投以憐憫的目光，像是在悲嘆我們的天真。

說真的，這輛小巴曾是我們當中多少人的最後避風港呢？六十、八十？

同樣是下雨的早晨，同樣是這位寡言的司機。我環顧四周：黑暗中隱約有幾個光點，香菸中的沉思。老員工微不足道的沉思。我們當中曾有多少人是在他們的陪伴下走上最後一程？

眾人低聲交談，談話的內容讓我感到吃驚。主題包羅萬象，疾病、金錢、家庭煩惱。從這些話裡，可以清楚地看到，將這些人禁錮得無法動彈的那個灰暗牢籠。那瞬間，我的眼前，出現了命運之神的臉。

資深官僚們，擠在這裡的辦公同僚啊，已經沒有任何東西能夠讓你們逃出生天。這並不是你們的錯。你們像白蟻一樣，拚命地用水泥打造自己的安定天地，卻封住了每一條能讓光進來的縫隙。你縮成一團，躺在你那方資產階級的安全感、每日不變的行程、與外省生活的沉悶步調裡，是你自己將那為你擋風、阻隔高低潮水，還有遮蔽了星光的簡陋牆垛愈砌愈高。你一點都不想為重大的問題傷神，你的個人狀況已經夠你煩得想忘都忘不了了。你絕對不是某個迷走星球上的居民，你絕不會問沒有答案的問題，你是土魯斯的小資產階級。沒有人在還來得及的時候，抓住你的肩膀拉住你。如今，你砌好的土都已乾透，堅硬無比，自此，你再也沒有任何辦法喚醒那個或許早就住在你身體裡面，但是一直沉睡的音樂家、詩人、或太空人。

我不再抱怨狂風驟雨。這個行業的魔力為我開啟了一個世界，在這裡，在兩點之前，我將迎戰黑色巨龍與披散著藍色閃電髮絲的山巔。這裡，在黑夜降臨時，我將擺脫一切枷鎖，在點點星辰間解讀我的去路。

入行受洗禮就這樣展開，然後開始了我們的旅程。旅程大多平安無事。我們順利地下降，就像專業潛水伕，深入我們這片領域的底層。這片領域如今也被探索得差不多了。飛行員、技師與無線電報接線生都不用再憑空摸索，仰仗運氣了，如今反而像是被關進了實驗室裡。他們遵照指針的指示，不再看地貌的變化。外面，群山已沒入漆黑夜色中。然而，那些已經不再是山了。那些是我們飛近時，必須計算清楚的隱形力量。燈光下的無線電報員，盡責地給出數字，技師再藉此標出地圖上那些山的位置，好讓飛行員修改路線，以防群山位移。飛行員原本想從左邊繞過的山峰，有時會悄然無息地，像是經過軍事機密部署似的，從他的正前方鋪展來襲。

至於地面的無線電報員，克盡本份地，分秒必爭地，在筆記本上記下同事傳來的話：「凌晨零點四十分。230 路線。機上一切正常。」

今日的機組人員就是這樣飛行的。完全感覺不到自己在移動。遠離所有標地物，就像在深夜的大海上飛行。然而，這亮晃晃的機內充斥著引擎的輕微顫動，改變了它的性質。然而，時間仍在運轉。然而，這些玻璃表面、這些真空管無線電機、這些指針上頭，仍不斷地在進行各種看不見的化學變化。時間一秒一秒過去，那些神祕的動作、含混的字句以及專注，都是為了製造奇蹟。於是，當時間到了，飛行員必然會將額頭緊貼玻璃窗面。黃金誕自虛無——它在中途停靠站的燈火裡閃耀光芒。

儘管如此，我們全都知道這些旅程是怎麼回事，航行中，看到那視角獨特的燈火，想到尚有兩個小時才能抵達的中途停靠站，會有一股遺世獨立的孤寂感，那種遠航到印度，且心知肚明再也盼不到返鄉之日的孤寂。

就這樣，當梅莫茲駕駛水上飛機，首次飛越南大西洋，朝著白日將盡之處，也就是赤道低壓帶前行時，他看見了就在他的正前方，一整列的龍捲風，正一分一秒地集結。那畫面就像眼看著一堵牆在眼前高高砌起，而後夜色灑落，慢慢掩蓋了這集結的過程，一切隱入黑暗。一個小時後，他往下穿破雲層，殊不知竟就這樣踏進了一個奇幻國度。

海上龍捲風高聳入雲，層層疊疊，看似靜止不動，就像是聖殿的黑色圓柱。它們托著聖殿，用它們膨脹的柱頂，支撐聖殿漆黑的圓頂，即低矮的暴風圈，但仍有幾縷光穿透圓頂的裂縫往下灑落，是滿月，月光點點落在圓柱之間，灑在宛若冰冷石板的海面上。於是梅莫茲循著這一縷縷月光照亮的路，蜿蜒曲折地繞過這些巨大圓柱，穿過這片杳無人煙的聖殿廢墟，繼續他的旅程。底下的巨浪想必也是波濤洶湧。他就這樣飛了四個鐘頭，沿著流淌的月光，終於走出了這座聖殿。這幅景象委實過於震撼，以至於梅莫茲完全穿越赤道低壓帶後，才驚覺剛剛這一路上，自己居然完全沒有感到害怕。

我也有過類似一腳踏進真實世界邊緣地帶的經驗，記得有一次：某個晚上，從撒哈拉沙漠的中途停靠站傳來的無線電測向航行儀的數據，整晚都是錯的，我們——我和無線電報接收員奈里——被搞得團團轉。我一看見雲霧裂縫底下隱約反射出來的水光，立即急轉，朝著海岸的方向飛，完全不曉得自己已經朝大海的方向飛了多久。

我們無法確定是否能再飛回到岸邊，油料可能不足。而且就算我們能再飛回岸邊，也還得找到中途停靠站的位置。然而，此時月亮就要下山了。少了指引方位的數據，我們已經等同聾了一般，如今又正一點一滴地失去光明。月色逐漸黯淡，看上去恍如落進層層積雪冒出的水霧裡的一抹蒼白火苗。雲也開始在我們的上空集結，逼得我們必須在雲層與水霧之間小心的飛行，這是一個清空了所有光線、所有物質的空間。

負責接應我們的中途停靠站已經放棄，他們完全搞不清楚我們現在身在何處：「未能偵測到數據……未有數據……」因為我們傳送到他們那裡的聲音，可謂無處不在。

正當我們感到全然絕望之際，突然，在我們的左前方，天穹邊際現出了一個光點。喜悅從我內心噴湧而出，奈里朝我靠過來，我聽見他在唱歌！一定是中途停靠站，一定是那裡的燈，因為撒哈拉沙漠一入夜就全暗了，整個是一大片的黑。燈光有些閃爍，旋即熄滅。我們轉而朝著一顆只消短短幾分鐘內就將被天邊水霧與雲層吞噬，如今仍隱約可見的星星飛去。

此時，我們看見了其他的光點亮起，我倆默不吭聲，暗自抱著希望，朝著它們逐一嘗試。每當某個光點亮的時間持續得久些時，我們就會拋出攸關性命的測試。「看見燈光，」奈里呼叫西斯內羅斯中途站[12]，然後叫他們：「關掉你們的燈，接著閃三次。」西斯內羅斯中途站關了燈，再開燈，然而，我們觀察中的那個光點一直都亮著，連閃都沒閃，那是永恆不滅的星光。

儘管油料即將耗盡，我們依舊緊咬目力所及的每一個金黃色誘餌，每一個都可能是真的燈光，每一個都可能是中途停靠站、生命之所繫，我們必須持續換下一點星光進行測試。此時，我們覺得自己在浩瀚的宇宙中迷失了，置身於上百個無法進入的行星之間，尋找著那顆唯一真實的星球，屬於我們的那一顆，絕無僅有的那一顆，地表鋪展著我們熟悉的景色、乘載著朋友的家，以及充滿著人間溫情的那顆星球。

12 Cisneros：今摩洛哥達赫拉（Dakhla）。

那顆絕無僅有的星球，裡面有……讓我告訴你們，我腦海中浮現的畫面，或許你們會覺得有些孩子氣。雖然身處危險的核心，我們仍保有身為人的七情六慾等煩惱，我覺得很渴，也覺得很餓。如果我們能平安回到西斯內羅斯，等飛機加滿了油，我們將繼續這趟旅程，然後在天濛濛亮的微涼寒意中抵達卡薩布蘭加。至此，工作結束！我和奈里將前往市區。找一間天一亮就開門營業的小餐館……我和奈里，兩人圍著桌子安適地坐下，對著面前熱騰騰的可頌與咖啡牛奶，笑談昨夜的驚險。我和奈里將會收到這樣一份人世的晨間禮物。老農婦，就是這樣，單單透過一張畫像、一只稚趣的徽章、一串念珠，就能與她的上帝交流：我們得用簡單的語言交談，才能夠聽懂對方。就這樣，對我來說，活著的喜悅全都積攢濃縮在這第一口的滾燙芳醇當中，融合了牛奶、咖啡與小麥的混合體。透過它，人們與安詳的牧場、熱帶農園與小麥大豐收有了連結、透過它，我們與整片大地有了連結。在這麼多的星球之中，就只有這麼一個星球，能組合出這一碗，我們能夠享有的香氣撲鼻的早點。

然而，我們的航空器與這片人居的大地之間，橫隔著一段無法穿越的距離，而且距離似乎愈拉愈遠。這麼一顆在星雲中迷失的塵埃粒，聚積了全世界所有的豐饒。一心想找出它的天文學家奈里，不斷地向天上星辰祈求。

他手握拳頭，突然推了一下我的肩膀。緊接著這個身體碰撞之後，我們收到地卻是一張紙，上面寫著：「沒事了，我收到了一條很棒的訊息……」我心臟怦怦地跳，等著他謄錄完那五、六個可以救我們一命的字。我終於看到了，這來自上天的恩賜。

上頭標注的日期是我們離開卡薩布蘭加的前一天。傳送延遲了，這個訊息來得突然，離此遠在兩千公里之外，天上雲霧之間，大海迷茫之處。這封信息來自卡薩布蘭加機場的國家主管機關官員。上面寫著：「聖修伯里先生，基於職責所在，我必須通知您，待您返回巴黎，將遭到懲處，因為您從卡薩布蘭加起飛轉向時，太靠近機棚了。」轉向時，我確實太靠近機棚了。這位仁兄也確實是在克盡他的職責，憤怒得有理。只是，我應該是要在某個機場的辦公室接受這樣的斥責才對。這封斥責卻來到了這裡，來到不該來的地方。它出現在這片星光罕見的天空、這團水霧、這股來自大海的威脅味道中，顯得如此地不協調。我們肩上擔著自己的命運、郵件的命運、與飛行器的命運，想要好好地掌控這一切，好讓自己活下去，已經異常艱難的任務了，這位仁兄卻一股腦兒地把氣全出在我們頭上。但是，我跟奈里，我們非但不覺得氣憤，反而在這個節骨眼上感到了無比的喜悅。在這裡，是我們說了算，他讓我們認知到了這一點。他難道沒看見我們的衣袖，我們已經從下士晉升為上尉了。他打攪到了我們，君不見此時我們正一臉肅穆地在大熊星座與射手座之間來回跺著方步，苦苦思索對策，此刻令我們心憂的唯一難題，只有月亮的背叛……

當務之急，那位仁兄目前所在的星球此刻唯一的重責大任，就是不要再像之前提供錯誤的數字，而是給我們確切的數字，好讓我們在星空中進行計算。至於其他，就現階段而言，該星球最好閉上嘴。奈里又寫了一些東西送來，「與其送這些笑話來亂，他們應該好好想想辦法，帶我們回去，任何地方都好……」他話裡的「他們」概括了那個星球上的所有人，包括他們的國會、參議院、海軍陸戰隊、軍隊與君王。在重讀那位宣稱要狠狠懲戒我們的仁兄送來的訊息時，我們正掉頭航向水星。

出於絕對的機緣湊巧，我們得救了：放棄回到西斯內羅斯的希望，掉頭與海岸垂直飛行的時刻來了，我決定維持目前的航線一直到油料耗盡。如此可以免掉摔進海裡的風險。很不幸地，那些逼真的假燈光已不知把我引到了什麼地方。很不幸地，四周看似厚實的水霧，並無法給予我們一丁點安全落地的機會，最好的情況是僅能勉強不讓我們直直摔進暗夜。但是，我沒有選擇的餘地。

情況如此地明朗，所以在一個小時前，奈里遞來那張後來救了我們的紙條給我時，我也只是悲哀地聳聳肩：「西斯內羅斯決定接手測試了我們的方位。西斯內羅斯指示：216路線不太對……」西斯內羅斯終於不再藏身黑暗了，西斯內羅斯確確實實地出現在我們的左手邊。是的，沒錯，但距離多遠呢？我和奈里簡短地交換了一下意見。太晚了。我倆一致同意，若直奔西斯內羅斯的方向，錯過海岸的機會可能會升高。奈里於是回覆：「由於只剩一小時的油料，我們將繼續朝93路線前進。」

然而，中途停靠站一個接著一個出現了。我們的交談中夾雜著來自阿加迪爾[13]、卡薩布蘭加與達卡的聲音。每座城的無線電報站都緊急通知了當地的機場。機場主管則緊急通知了飛行員同事。他們逐一出現，在我們身邊集結，像是團團圍住病人的病榻。他們展現的同僚溫情雖然於事無補，但心上終究還是暖暖的。派不上用場的建議，依舊溫暖人心！

突然間，土魯斯出現了，航線的起點，遠在望不見的四千公里之外的土魯斯。土魯斯立即插入對話，劈頭就問：「你們飛的那架是不是F……（我忘了機身號碼）。對，這樣的話，你們還有兩個小時的油料。這一型的飛機，

13 Agadir：摩洛哥西南方城市，濱大西洋。

配備的不是一般標準油箱。轉向，飛往西斯內羅斯。」

***

就這樣，一個行業的必備條件改變了、豐富了這個世界。根本不需要在類似的夜晚飛行，民航飛行員就能從這些舊有的景象裡發掘新的意涵。讓乘客無聊到頻打呵欠的單調景色，對飛行組員來說，卻是別具深意。阻擋了地平線的大片雲層，於他不再只是一個背景而已：需要他使盡力氣對付，而且可能會給他帶來麻煩。他已在心底盤算，估量它，一種真實無欺的語言將他們連結起來。眼前出現一片山巒，距離還很遠：它會給我們哪一種臉色看呢？在月明朗朗的時節，它會是很好用的標地物。但假如飛行員只能盲飛，不斷地苦苦修正偏移的航線，不確定自己會飛到什麼地方的話，那片山巒將搖身一變，成為炸彈，整個晚上隨時都有碰上它轟然炸裂的危險，就好比一顆沒入水中、隨波逐流的水雷，只要一顆就能轟裂整片大海。

海洋也像這樣，不時地變換樣貌。對單純的旅人來說，暴風雨是無形的：從如此高的地方往下看，根本看不到海面上任何的高低起伏，一重重的浪花彷彿靜止不動。唯見大張大張向外延伸的白色棕櫚葉，葉脈和葉緣清晰可見，它們像是被禁錮在某種凝膠裡。這些棕櫚葉對飛行員來說，卻是巨大的毒花。

就算航程一路無風無雨，飛行員的心仍會在主航線四周梭巡，無法靜下心欣賞這純粹的美景：天與地的色彩，風吹過海面的水痕，黃昏的金色霞光，他無法單純地讚嘆，反而會陷入長考。就好比巡視農田的農夫，透過千百個自然跡象，預知春天的腳步、寒凍的威脅、雨季的開始，他也是他們那一行的飛行員，解讀降雪的徵兆、霧靄的徵兆、是否可以安穩度過此夜的徵兆。飛機一開始看似已經避開了危險，其實卻將他帶向更嚴峻更龐大的自然挑戰。飛行員就在這狂風暴雨翻騰的天空，在這廣闊的法庭中央，一個人，孤身向三大神靈，山、海、風雨，據理力爭，望護得郵件周全。

夥伴

2

I

幾位夥伴，包括梅莫茲在內，橫渡了尚未歸降的撒哈拉地區，為法國民航劃下了從卡薩布蘭加到達卡的航線。當時的引擎一點都不給力，梅莫茲就是因為引擎故障，落入了摩爾人的手裡。摩爾人猶豫著是否該殺掉他。終於在囚禁了他十五天之後，收了贖金，放他回來。事後，梅莫茲繼續開著他的郵航機，來回於同一片疆土之上。

要開通美洲線的時候，梅莫茲仍舊是一馬當先，擔負起規劃從布宜諾斯艾利斯到聖地牙哥之間主要航線的重任，繼橫越撒哈拉沙漠之後，再建飛越安地斯山的橋梁。上面派給他一架飛行高度可達五千兩百公尺的飛機。安地斯山脈卻高達七千公尺。梅莫茲起飛了，四處尋找突破山巒的山坳口。繼黃沙之後，梅莫茲面對的是連綿的山，那些山峰身上的雪花圍巾，風一吹就四處飄揚，更有暴風雨下的萬物黯淡失色，以及兩道岩石峭壁之間，磅礴直下的水流，在在逼得飛行員被迫必須參與一場近身肉搏戰。梅莫茲在完全摸不清楚對手虛實的情況下英勇戰鬥，他根本不知道在這樣的圍攻之下，人是否能活著走出來。梅莫茲為了其他人，勇敢地「嘗試」了。

一次又一次的「嘗試」，終於有那麼一天，他被安地斯山俘虜了。

他和他的技師在海拔四千公尺的高原上迫降，四周是陡直的岩壁，整整兩天，拼了命地尋找出路。他們被困住了。最後，他們決定孤注一擲，讓飛機衝向虛空。飛機沉甸甸地在不平坦的地面彈跳，隨即滑出峭壁，開始往下掉。往下掉的過程裡，飛機終於產生了足夠的速度，讓飛行員能夠再次掌控它。梅莫茲對著迎面逼來的山峰，再次提起機身，但仍擦到了峰頂，接著，那些在夜裡結凍而被漲破的管子通通都開始冒出水來，就這樣飛了七分鐘後，再也無以為繼，但飛機底下，已換成了智利的平原，那宛若一片應許之地。

第二天，他再度啟程。

當安地斯山探勘得差不多了，飛行技術也比較精進之後，梅莫茲把這條主要的飛航幹線交付給他的同事吉奧梅，自己轉而開始探索黑夜。

迎接我們的各個中途停靠站，燈光設備並不完善，黑夜裡，等著梅莫茲降落的地面，會有人朝著他飛來的方向點燃一排三堆簡陋的汽油火堆。剩下的就完全要靠他自己想辦法開通一條路。

等黑夜也被他馴服之後，梅莫茲的目光開始轉向大海。一九三一年，人們第一次把郵件從土魯斯空運到布宜諾斯艾利斯，航程四天。回程途中，梅莫茲的飛機在南大西洋波濤洶湧的海面上空，因機油不足故障，一艘船經過救了他、郵件與機組人員。

就這樣，梅莫茲一步一步地開拓了沙漠、山巒、黑夜與大海。他不止一次摔進沙堆、山間，不止一次沒入黑暗、海底。但每回他回來，總是義無反顧地再出發。

辛苦工作了十二年，最後他又一次飛行高度過低，太靠近南大西洋洋面。他發出簡短的訊息，說將關閉右後方的引擎。之後，再無音訊。

剛聽到這個消息，起先並不怎麼讓人擔心，但是，十分鐘的悄然無聲之後，航線上所有的無線電報臺，從巴黎到布宜諾斯艾利斯，都開始焦急地守候。因為這十分鐘的延遲，若是放在一般白天的工作行程中，委實沒有任何意義，然而擺進航空郵務這一行，卻可能有著各種含義。這段死寂的時間中央，裹著一個未知的事件。無論是平安，或是不幸，如今皆已成定局。命運之神已經宣讀了祂的判決，而且這個判決，沒有任何上訴的機會：那隻鋼鐵般的手是帶領著整支機組人員在海面迫落了，一切無甚大礙，抑或是已經墜毀。只是，這個判決對等候裁決的人來說，已經不具任何意義了。

我們當中有哪一個，不曾領略過這種希望渺茫的感受，與承受著如同分秒都在逐漸惡化的致命厄疾般的那種默然無奈呢？我們期盼著，只是時間頭也不回地流逝，慢慢地，什麼都太遲了。我們被迫接受同事再也回不來的事實，他們已經在南大西洋的海底永遠地安息了，在那片他們如此頻繁地翻耕出軌跡的天空底下。梅莫茲絕對是葬身在他翻耕出來的土溝裡了，就像辛勤的農民，在綑好收割下來的莊稼之後，躺在自家田裡睡著了。

每當有同事出事殉職，他的死總是被視為是這一行的慣常，而且，一開始，相較於別的死亡事件，或許並不那麼讓人感到傷痛。說真的，那一位確實早就離開了，但因為他先前就被調派到中途停靠站，我們還沒有真正的感受到他已經不在了，不像少了麵包那般，有立即真切的感受。

事實上，我們已經習慣要等很久才能和對方見上一面。因為飛航夥伴們，大家往往天各一方，四散世界各地，從巴黎到智利的聖地牙哥。我們有點像是互不交談的站崗衛兵。除非旅程出現機緣湊巧，這一行的大家族成員，興許會在這裡或那裡意外地相遇。於是，大夥夜裡就圍著卡薩布蘭加、達卡、或布宜諾斯艾利斯的一張桌子，在數年的悄無聲息之後，重啟中斷的話端，往事紛紛出籠。之後，大夥再次踏上旅途，各分西東。大地就是這樣，既荒蕪又豐富。豐富之處在於它擁有許多祕密花園，花園非常隱蔽，往往難以得其門而入，但我們這個行業總是能帶我們走進去，總有這麼一天。同事們，世事或許會讓我們彼此分隔，也不容我們常有餘力想到對方，但他們就在某個地方，雖然我們不太確定他們是哪裡，他們安靜無聲，易於遺忘，但他們是永遠忠實的夥伴！如果我們在旅途上相遇了，他們會真情流露，興奮得用力搖晃我們的臂膀！當然啦，我們得習慣等待……

然而，我們會慢慢地發覺怎麼再也聽不到那位同事爽朗的笑聲了，會逐漸領悟到那座花園已永遠不再對我們開放。此時，真正的哀痛才開始，不是撕心裂肺的那種痛，是微微地帶點苦澀的那種。

事實上，沒有任何東西能夠取代失去的夥伴。老同事強求不來。沒有任何東西比得上共同的點滴回憶、相互扶持的艱難時刻，彼此間就算有口角摩擦，總能事後一笑泯恩仇，這麼許許多多的激動心情。這樣的友誼無法再有，就好比剛種下一棵橡樹，便想要享受其蔭庇，那無疑是痴心妄想。

這就是人生。起先總是豐足的，畢竟我們耕耘了那麼些年，然而，辛勞的成果會被時間磨耗。種下的樹會逐漸凋零，樹蔭變得愈來愈少的年月，終究會到來。同事們，一個接著一個，收回了他們張開的庇護傘。自此，我們的哀悼裡開始參雜了一絲年華老去的暗自遺憾。

這就是梅莫茲與其他同事教會我們的事。或許一個行業最有價值的地方，也是最重要的地方，就在於能將人與人凝聚在一起：要說什麼是真正的奢華待遇，只有一個，那就是人與人之間的情誼。

人若只為了物質享受而工作，無疑是在作繭自縛。到頭來，我們將孤身一人，只剩帶不走又買不到任何值得我們打拚的東西的金錢，與它監禁一生。

倘若要我從讓我回味無窮的往事裡找尋，列出讓我覺得生命值了的時刻，可以肯定的是，我列舉出來的那些時光一定不是財富能帶來的。梅莫茲那樣的友情，共患難的夥伴之間永誌不渝的情義，都是用錢買不到的。

那次的夜間飛行，那滿天星斗的安詳靜謐，以及那幾小時君臨天下之感，錢，買不到。

歷經波折艱辛後，世界對我呈現的嶄新樣貌：那些樹、花、女人。還有破曉時分彷彿重獲新生般臉上燦出的笑容，這些林林總總的回報，錢，買不到。

還有，我想起來了，被留置在異教徒反叛區的那一夜。

空中郵務公司[14]連我共三隊機組人員，在天剛破曉的時候，降落滯留里

14 Compagnie Générale Aéropostale：總部位於土魯斯的法國航空公司，成立於一九一八年。一九三三年因財務吃緊，法國政府要求公司重組，由法國航空公司的前身SCELA承接大部分的資產與機組人員。

奧德奧羅[15]海岸。先是我的同事希蓋爾，因為傳動桿斷裂而被迫降落該地。另一位同事，布赫加，隨即飛過去想接回機組人員，但因爲他的飛機出現了一些無傷大雅的損傷，他也跟著被迫留在地面。最後，我來了，此時夜幕已經籠罩大地。我們決定把布赫加的飛機救回來。但若想妥善的修理好飛機，必須得等到早上。

一年前，我們的同事辜赫普與艾哈伯，也曾因爲飛機故障而滯留此地，是的，他們就在這裡被異教叛亂分子殘忍地殺害了。現在，我們知道有一幫武力達三百枝火槍的流寇盤據波哈多[16]的某個地方。我們三架飛機輪番降落這裡，遠遠地就能看見，或許已經驚動了這幫人。我們決定徹夜留守，或許這就是我們的最後一夜了。

我們著手為夜晚做準備。我們從行李艙裡搬了五、六個裝貨的木條箱下來，清空裡面的東西，然後圍成一個圓，箱子的底部權充崗哨的凹洞。在每一個箱子裡頭，點了一根蠟燭，微弱的燭火在風中忽明忽滅。就這樣，在一望無際的沙漠裡，在這顆星球光禿禿的地表上，在這恍如世界初始的寂寥中，我們建造了一個人類聚集的小村莊。

15 Rio de Oro：西撒哈拉南部地區。
16 Bojador：西撒哈拉北岸的海角小鎮。

夜裡，我們蹲伏在這座小村莊的大廣場上，在木箱散發的搖曳燭光所能及的這一小塊沙地裡，靜靜地等著。等著，看似救命的天光，或是摩爾人會先出現。我不知道是什麼東西為這個夜晚增添了些許耶誕佳節氣氛。我們竟開始聊起往事，互開玩笑，接著敞開喉嚨大聲高歌起來。

我們甚至感受到了類似歡度一場籌備良久的節慶般的輕鬆愜意。只是，我們在這裡真的是一窮二白。只有風、沙、星辰。對苦修士來說，這樣已經算是寒傖了。但是，在這塊黯淡燭光照亮的方寸之地上，我們這一群，除了腦海的回憶之外，在這世間什麼都沒有的六、七個人，正在分享無形的財富。

我們終於有了交集。我們並排著平行地走了好長一段路，各自被禁錮在自己的沉默裡，或僅僅交換過一些言不及義的客套話。如今，在這危機四伏的時刻，此時的我們肩靠著肩，發現我們同屬一個陣營。我們因為了解別人的內心而變得開闊。我們彼此互視，笑容燦爛。就像遭流放的囚犯，初見大海之壯闊而讚嘆不已。

II

吉奧梅，我一定得提提你。要說到你的勇氣，你的專業價值，無論再怎麼反覆強調，我都覺得不為過。但，要說到你最英勇的事蹟，我想要講的卻是別的部分。

那是文字無法形容的一種特質。或許可以說是「慎重」，但這兩個字卻無法完全道盡其中的意思。因為這個特質，還常常伴隨著最最燦爛笑容所呈現的歡樂。那種特質就好比站在自己的木造作品前平視它的木匠一樣。他會輕拍撫摸它、測量它，絕不會草率地對待它，要把自己身上所有的力與美都灌注其中。

吉奧梅，我曾看過一篇文章，歌頌你的事跡。我對那篇文章給你形塑的不實形象有些話要說。在文章裡面，你被冠上了許多類似「加夫洛許[17]」的俏皮文字，把你身陷致命危險，命懸一刻時的勇敢表現，貶抑得像是中學毛

17 Gavroche：雨果小說《悲慘世界》的人物，是個在巴黎街頭討生活的機靈小男孩，後為革命獻出了生命。

頭小子的冷嘲熱諷。他們不了解你，吉奧梅。你這個人，不會覺得有必要貶抑或嘲弄對手，直接跟他們正面對決就好啦。面對駭人的風暴，你會忖度情勢，然後淡淡地說：「是個難纏的風暴。」然後，接受這個事實，衡量它的力量。

吉奧梅，我要在此提出我的真實見證，我記憶中的那個你。你已經失蹤五個小時了，隆冬時節，在橫渡安地斯山的半路上。我剛自巴塔哥尼亞[18]深處返航，在門多薩[19]與飛行員德雷會合。我們兩人接力，整整五天，駕著飛機搜索這塊山區，卻什麼都沒有發現。光我們兩架飛機，遠遠不夠。當時覺得好像需要一百支空軍中隊，梭巡一百年，否則根本無法搜遍這遼闊無垠、海拔高度達七千公尺的連綿山脈。我們已經失去一切希望。就連當地的走私販、還有願意為區區五塊法郎就大幹一場的山賊，都不肯入山犯險。救援隊伍對我們說：「我們會有生命危險。冬天的安地斯山不會放人出山的。」只要是德雷或我一降落聖地牙哥，智利的官員都會勸諫我們停止救援搜索的行動。「現在是冬天，你們的同事就算飛機失事時僥倖存活，一入夜他肯定熬不過。山上的夜，人一遇上了，只怕會凍成冰。」於是，當我再次鑽進安地

18 Patagonie：南美洲安地斯山脈以東，阿根廷南部科羅拉多河以南的區域，主要在阿根廷境內，小部分屬於智利。
19 Mendoza：阿根廷中西部城市。

斯山的岩壁與巨柱之間時，我覺得已經不是在搜尋他的蹤跡，而是，安靜地，在一座雪白的教堂裡巡護他的遺體。

終於，在第七天，我趁著兩趟飛行的空檔，在門多薩的飯館填飽肚子的時候，有人推開門大叫——喔！其實用不著大驚小怪。「吉奧梅……還活著！」

霎時，那裡的人無論認識與否，全都互相擁抱。

十分鐘後，我駕機起航，機上載著兩名技師，勒非伯和艾布里。又過了四十分鐘，飛機降落於一條馬路上，不知怎地，我在聖拉斐爾[20]附近，認出了行駛在路上那輛不知要往何處的車裡，裡頭載的就是你。真是難忘的重相逢，所有人都哭了，大夥兒緊緊地抱住你，活生生的你，鬼門關前走了一遭的你，創造了奇蹟的你。就在那個時候，你說了，那是你說的第一句清晰可聞的話，展現了你一身漂亮傲骨：「我敢說，我做到了沒有任何野獸能做到的事。」

後來，你跟我們說了那場意外的發生經過。

那是一場能在四十八小時內，往智利那一側的安地斯山山坡，累積降雪

20 San Rafael：阿根廷西部城市，離門多薩二百四十公里。

達五公尺厚的暴風雪。風雪鋪天蓋地打來，泛美航空的那些美國人都半途折返了。你照舊起飛，試圖在空中找出一道縫隙衝出去。就在稍稍偏南的地方，你發現了它，在接近六千五百公尺的高空上，這個陷阱。此刻，空中雲層盤據，但雲層最高只到六千公尺，只見高聳巒峰穿雲而出，你設定了方向，朝阿根廷前進。

「下沉的氣流有時候會給飛行員帶來不安的怪異感覺。引擎正常運轉，但，機身卻在往下墜。於是我拉高機鼻，試圖提升機身高度，結果飛機失速，變得癱軟無力，我們不停地往下墜。我鬆開手勁，現在，我反而怕自己拉升得太快，只得任由機身不停地朝右朝左飄移，試著讓它靠上那座有機會讓我們成功迫降的山峰，那座宛如彈跳床般吸納山風的山。然而，我們還是不停地往下墜。整片天空似乎都在往下墜。感覺好像被捲入了某種太空事件不得脫身。已經找不到庇護之處。我們企圖折返，回到氣流看似如柱子般堅固紮實，好像可以支撐住我們的地方，卻徒勞無功。柱子也沒了。一切開始崩解，我們滑進一片支離破碎的太空，衝進軟綿綿地往上飄的雲層，雲飄到我們身邊，吞噬了我們。

「我差一點就被困死在裡面了，」你這麼對我們說：「但我還沒放棄。我們在這些看似穩定的雲層上方，遭遇到了下沉氣流，原因很簡單，因為在同樣的海拔高度下，雲層會不斷地重組。高山上的一切都好怪異……」

那是什麼樣的雲啊！……

「一發覺飛機不受操縱，我立刻放棄控制權，雙手握緊座椅，免得被拋出機外。機身劇烈搖晃，連傳送帶都撐不住斷了，還弄傷了我的肩膀。再加上機身結冰，我頓時失去了全部的視野，活像個被風捲著跑的帽子，不停地翻滾，從六千公尺驟降到三千五百公尺。

「降至三千五百公尺的高度時，我瞥見一團黑黑的東西，平平的，我藉此重新穩住了飛機。我認出了那是一方水面，是迪亞曼特湖[21]。我知道這座湖位於一個漏斗狀的山谷深處，四周高山環繞，其中之一就是高達六千九百公尺的邁坡火山[22]。雖然已經從雲層中脫身，厚厚的暴雪依然阻礙視線，倘若飛行偏離了那座湖，我很可能會撞到四周的山壁。於是我在離湖面約莫三十公尺高的空中，繞著水面盤旋，直到燃油耗盡。繞了兩個小時之後，飛機終於停止不動，機頭倒插摔進雪裡。一下飛機，暴風雪迎面將我吹翻在地。等我勉強站起身子，風雪又再次將我擊倒。我只能趴著滑進機身底下，在雪中挖了一個洞躲避風雪。然後再把郵包堆在四周，就這樣等待，整整四十八

21 Laguna Diamante：位於阿根廷的高山湖泊，離門多薩約一百九十八公里，海拔高度三千二百八十九公尺。
22 Maipu：位於阿根廷與智利接壤的安地斯山脈。

小時。

「後來，風雪平息，我開始上路。連續走了五天四夜。」

可是，吉奧梅，你身上還保有了多少原來的你？我們是找到你了，但你形銷骨立、乾瘦如柴、整個人小了一號，像個糟老頭！當晚，我就帶著你飛回門多薩，那裡的白色床單恍如白霧在你身上流淌。它們無法治癒你。你被擠壓在這具精力耗竭的皮囊裡，翻來覆去，輾轉反側，怎麼樣都沒辦法讓這副身軀安穩入夢鄉。你的身體忘不了那嶙峋岩石，也忘不了那壘壘雪堆。它們在你身上留下了印記。我端詳著你黝黑腫脹的臉，像是一顆飽經風吹雨打日晒的過熟果子。你真的好醜，而且好悲慘，這身工作必須的漂亮有用工具你都不知道該如何使喚了。你的手變得好僵硬，而每當你起身坐起，想讓呼吸順暢些時，兩隻凍傷的腳沉沉地吊掛床沿，就像兩團重物。你的這趟旅程還沒結束，你的呼吸仍然不順，而且，當你枕著枕頭轉來轉去，期求內心的平靜時，腦海就會出現一連串的影像，擋也擋不住，一連串地，迫不及待地，想要跳出後臺，進入你的腦袋，耀武揚威。一連串的影像如遊行隊伍接續登場。你只能第二十度的奮起對抗這些自灰燼中復生的敵人。

我倒了一杯花草茶給你。

「喝一點，老友！」

「最讓我震驚的是……你知道的……」

你是贏得勝利的拳擊手，只是身上多處遭到重擊。你又一次地重溫那趟奇異之旅。你一點一點地抽離。夜裡，從你對我們的描述中，我看到了你不停地走著，沒有冰鎬，沒有糧食，艱難地翻過四千五百公尺的山口。又或沿著垂直的峭壁攀爬，雙腳、雙膝、雙手血跡斑斑，零下四十度的嚴寒讓身上的血，力氣與理性一點一滴地流失，但你仍然像螞蟻一樣，頑固地堅持向前走，有時還得原路折返好繞過障礙物，跌倒了再爬起來，爬上山坡才發覺山頂是絕壁。你不給自己任何喘息的機會，因為一旦鬆懈了，就再也無法從雪堆裡站起來了。

是的，你也曾滑倒，此時你必須快快站起來，免得自己凍成冰冷的石頭。酷寒分分秒秒摧殘著你的身體，尤其當身體嘗到了跌倒時你拖延著躺在雪地多休息一分鐘的滋味後，想要再讓身子直起來，等於是要讓僵死的肌肉重新活過來。

你對抗一切的誘惑。你說：「在雪地裡，人會失去所有想活下去的本能。經過了兩個小時、三個小時、四個小時的徒步跋涉後，人只想躺下睡覺。我也想睡。但我告訴自己：我的妻子，她一定會認為我還活著，相信我能走下去。同事們也肯定相信我能撐下去。他們對我有信心。如果我停下腳步，那我就是個混蛋。」

所以，你繼續走，每天拿摺疊刀的刀尖，把鞋子挑破一點，好讓凍傷腫脹的腳能夠繼續被裹在鞋裡。

你對我說了這麼一段奇特的話：

「打從第二天開始，你知道，我最要緊的事就是阻止自己不要去多想。我實在太痛苦了，我的情況實在太絕望了。為了讓自己有勇氣持續走下去，我不能思考這整件事。很不幸的，我控制不了自己的大腦，它像渦輪一樣，不停地運轉。不過，我還有辦法挑選過濾它送來的影像。我把它包裝成一部電影，或一本書。然後這部電影，這本書就快速地在我的腦裡播放。最後總會將我拉進現實，要我正視現況。屢試不爽。此時，我就會把它扔進別的回憶畫面裡……」

儘管如此，有一次你滑倒了，整個人趴在雪地上，幾乎就要放棄，不想再爬起來了。你就像一個所有熱情突然被掏空的拳擊手，聽著從某個詭異空間傳來的一聲聲讀秒聲，到了第十聲，一切就再也無法挽回。

「我已用盡全力，完全沒有希望了，幹嘛還要堅持下去，讓自己受苦？」你只要閉上眼睛，就能找到這世間的平靜。就能抹去這些岩石、冰、與雪。這一對神奇的眼皮子才剛闔上，重創、摔傷、皮肉撕裂傷、灼熱的凍傷，還有身上背負的生命重擔都不見了，當我們像牛一樣的駝著生命蹣跚前行時，這生命比牛車還沉重。你已然嘗到了毒藥般的酷寒滋味，就像嗎啡一樣，讓你通體舒暢的醺然滋味。你的生命躲進了你的心裡。一些溫柔珍愛的東西蜷曲瑟縮在你的身體中央。你的意識慢慢地拋開了身體末端的遙遠部位，至此，原本一直受痛苦摧殘的肢體，已變得如堅硬大理石般的冷冰。

你連警戒心都降低了。我們的呼叫再也飄不進你的耳裡，更精確地說，應該是幻化成你夢裡的呼喊了。你興奮地回應，如夢似幻地走著，輕鬆自如地邁開大步，一片片夢寐以求的平原滑順地在你面前展開。你自由愜意地飄進了一個變得如是溫馨美好的世界。你的歸途，吉奧梅，你很小氣地決定了，不讓我們加入。

絲絲懊悔從你的意識深處滲出。一幕幕幻象裡突然混進了一些相當明確的小事。「我想到了我的妻子。我有保險，可以讓她生活無虞。話是沒錯，可是保險……」

如果是失蹤事件，法定的死亡判告得要等上四年。這個小細節在他腦裡爆閃了一下，掩蓋了別的畫面。然而，他依舊臉朝下地躺在陡峭的雪坡上。當夏季來臨，你的身體會隨著泥水滾落至安地斯山脈千百條山縫當中的其中一處。這一點，你很清楚。但，你也看到了前面五十公尺處，有一塊凸起的岩石。「我當時想：如果我站得起來，或許能夠走到那裡。如果我能夠緊貼著那塊岩石，等夏天來臨，很快就會有人發現我。」

於是你站起來了，又走了三天兩夜。只是，你並不覺得你可以走得出去。「有許多徵兆，所以我大概猜得出可能的結局。這是其中的一種。我被迫大概每走兩小時就停下來，把皮鞋口子割得更大些，剝開腫脹腳上黏著的積雪，又或者只是單純地想讓心臟休息一下。到了最後幾天，我逐漸變得健忘。當我的眼前出現燈光時，我已經走了好長一段時日了；每一次的停歇我都會丟失一些東西。第一次，我丟了一只手套，冰天雪地的，這是很嚴重的事！我明明把手套放在我的面前，再上路的時候，就把它忘在那裡了。然後是我的手錶。再來是我的摺疊刀。之後還有羅盤。每次暫停休息後，我就變得更貧乏……

「救命的關鍵，就是邁出步子，然後再邁出一步。一而再、再而三地邁出同樣的步子……」

「我敢說我所做的事，沒有任何野獸做得到。」這句話，是我聽過最有勇氣的話，這句話界定了人的位置，讓身為人的我們同感光榮，建立了自然界真正的階級次序。我常常想起這句話。你終於睡著了，你的意識遭到摧殘，但它會在你醒來的時候，從這副傷痕累累、乾裂發皺、滾燙的身軀裡甦醒，並且再次取得這副身軀的主導權。到時候，這副身軀將變回原本單純漂亮好用的工具，是為你的意志服務的肉身。你把這副好用工具的驕傲表現得淋漓盡致，吉奧梅。

「沒有存糧，你可以想像，到了第三天……我的心臟，想必不會很強健……是啊！沿著垂直的山坡舉步艱難的前移，恍若懸浮半空中，必須用力挖洞，讓手能伸進去穩住身體，就這樣我的心臟開始不聽使喚。時而猶疑想要停下，時而發奮衝鋒，胡亂地跳著。我感覺得到，如果它猶豫停頓的時間再長個一秒，我就完了。我停下腳步，傾聽我內心的聲音。從來沒有，你聽到了嗎？我駕駛飛機的時候，從來沒有感覺到，自己是如此這般的貼近引擎，就這那幾分鐘的時間裡，我感覺到了，我的心臟暫停了跳動。我對它說：『來吧，加油！試著再跳一下……』它可是顆性能高超的心臟啊！它猶豫了一下，然後繼續跳了……你不會知道我有多為這顆心臟感到驕傲！」

在門多薩的房間裡，在我的照料下，你終於帶著不勻稱的呼吸，勉強入睡。我心想：「我們若讚他勇敢，吉奧梅聽了大概也就聳聳肩罷了。但若盛讚他謙虛，同樣也非他所願吧。他已遠遠超越了這些平庸的特質。如果他聳了肩，那是出於智慧的表現。他知道人一旦跟某件事周旋過了，人就再也不會對此事感到驚懼了。只有未知的事物才能讓人心生畏懼。當有人挺身與之對抗之後，尤其是，當我們能如此清醒地慎重地審視它時，它就再也不算是未知的事物了。吉奧梅的勇氣，說穿了，是他心性光明的產物。」

他真正的特質不僅於此。他的偉大之處在於，他的責任心。他對自己負責，對郵件負責，對殷殷冀盼他回來的同事們負責。他們會感到痛苦或快樂？全掌握在他的手裡。他得對新建的一切負責，就是那裡。他必須參與奉獻的那個活生生的家園。在他工作能及的範圍裡，肩負起一點人類命運的重責。

他是那種願意張開雙臂，庇蔭遼闊大地的大人物。身為人，除了責任無它。所謂責任，那是在面對悲慘事件，深感無力回天時，油然而生的羞愧。那是同事贏得勝利時同感的光榮。那是在放下他手上的石頭時，深切地感受到自己為這個世界的建設做出了貢獻。

我們會把這樣的人與鬥牛士或玩家相提並論，盛讚他們無懼死亡的精神。但我唾棄這種蔑視死亡的態度。如果不是基於一肩扛起自身責任的意願，那麼，這樣的態度，只能說是出於貧困，或者少不經事。我認識一個年紀輕輕就自殺身亡的人。我已經忘了那是什麼樣的愛情悲劇，讓他準準地朝自己的心臟，開了一槍。我不知道這是從哪來的文藝執念，讓他雙手戴上白色手套，但我記得自己面對這幅可悲的殉情畫面時，並沒有他真高貴的感覺，反而覺得好悲慘。就這樣，這張和藹的臉龐後面，這顆頭顱底下，什麼都沒有了，空空如也。真要說，或許還留有某個普通至極的傻女孩的影像。

看著這樣輕如鴻毛的人生，我想起了某個真正活過的人。他是一名園丁，他曾對我說：「你知道……鬆土的時候，有時會流汗。這時，我那個風濕痛的老毛病就會發作，痛得我難以行走，我就會大聲咒罵這個該死的勞力活兒。好啦，今天，我很想去鬆鬆土，想在地裡幹點活。鬆土這件事，給我的感覺竟然是如此美好！在土裡幹活，是那麼地輕鬆自在！再說了，有誰會來幫我修剪樹枝啊？」他若任由一塊土地荒蕪，他就是放任一個星球荒蕪。他對所有土地的愛，讓他與生長在土地上的所有樹木產生了羈絆。他才是慷慨的不吝給予的大人物！

當他以創造之名挺身對抗死亡的時候，他跟吉奧梅一樣，都是勇敢的漢子。

飛

機

3

吉奧梅，不管你白天夜裡的工作內容為何，是圍繞著壓力計、平衡陀螺儀打轉，細聽引擎喘息，或扛下十五噸重金屬的命運……你面臨的問題，說到底，就是人的問題，就此你跟勇敢高貴的山區居民完全可以平起平坐。你跟詩人也是同一等級，因為你懂得品味天將破曉的真滋味。夜裡艱辛地躲在深谷底端，時刻盼著那束濛濛亮光，東方黑暗大地上隱隱約約的一抹白。那奇蹟般的光泉，有時候，就在你面前，緩緩地解凍，在你以為將死之際，將你從鬼門關前拉回來。

懂得操控複雜的機器，並沒有把你變成單純的技工。那些害怕技術日新月異，深怕進步過了頭的人，我覺得是他們沒有搞清楚目標和手段。拚命努力但只想著換取物質財富的人，無論是誰，事實上，是得不到任何值得你這一生活上一回的東西的。所以，機器不是目標。飛機不是目標，而是一個工具。跟耕耘機一樣，是個工具。

如果說我們認為機器會危害人類，或許，那是因為我們需要往後退一步，才能評斷人類未曾經歷過的極端快速變化所帶來的影響。相較於兩萬年的人類歷史，這數百年的機器發展史又算什麼呢？可以說人類才剛剛在採礦、發電領域站穩了腳步，人類才剛住進這間我們還沒有完全蓋好的新房子。我們周遭的一切，變化如此之快速：無論是人際關係、工作條件、生活習慣。連我們藏在最心深處，最隱密的心緒都被攪得無所適從。分離、缺席、距離、返家的概念，就算這些語彙到現在一直沒有改變，它們的意涵卻已無法反映現實。我們等於在使用一種建立於昨日世界的語言，來企圖摸清今日的世界。因而覺得過去的生活似乎更切合我們的天性，但歸根究柢，原因只有一個，只是因為過去的生活更貼近我們慣用的語言所代表的意涵。

每一階段的進步都會把我們與我們才剛剛熟悉習慣的東西拉得更遠，於是我們變成了一批貨真價實的移民，苦於無法建立一個能讓自己產生歸屬感的國家。

我們都是未開化的年輕人，見著新鮮玩意便讚嘆不已。飛機不斷競速的背後也隱著相同的意涵。哪一型可以飛得更高，跑得更快？我們忘了是為了什麼目的，才開著飛機到處跑。競速，一度遮蔽了創造它的初衷。一開始總是了相同的目的，為了建立帝國的殖民軍隊，其生存的意義就在征服。兵士們鄙視殖民地區的移民。然而，征服這地區的目的難道不是為了在此建立殖民地嗎？就這樣，隨著技術的長足提升，我們修建鐵路、建立工廠、鑽井挖油，想著是為人類做出貢獻。只是，這些建設逐一聳立大地之時，我們忘了初衷：人類的福祉。在征服的過程中，我們從士兵身上得到了教訓。只是，現階段我們必須要先佔領殖民。我們得把這間還看不見全貌的新房子變得生氣盎然。事實是，某些人視為建設的東西，在另一些人的眼裡卻是佔據。

我們打造的家園，當然，會慢慢地變得更人性化。機器本身，其功能愈是精進完美，愈能隱身在它扮演的角色底下。人類在工業方面的所有努力，所有計算，盯著圖樣不眠不休的每一個夜晚，都像是清晰可見的徵兆，全都走向單純的唯一初心，就像需要數個世代的經驗傳承，才得以讓我們將重心慢慢地從飛機的柱子，流線型機鼻，或機殼的圓弧線條中抽離，直到還給它們似胸膛或肩膀線條的基本純粹。這樣說來，研發辦公室裡的工程師、繪圖員、計算人員，他們辛勤地工作，從表面上看，似乎只是在打磨、去角、讓焊接體更輕盈，讓機翼更平衡，直到再也不需要我們費心留意這些細節，機殼再也不用焊接機翼，最終臻至一種完美的形制，跳脫初始粗糙的外型。那是一種渾然天成的樣式，神祕的卡榫組裝，透著詩歌般的優美特質。所謂臻至完美，好像不在於有沒有東西要再加，反而是要問有沒有東西可以再減。機器在它進化的過程裡，體積日益縮小。

所謂完美的創新，就這樣，逐漸濃縮愈來愈看不出新意。同樣地，在機械工程方面，機器方正的外表一一消失，換來的是如同海水打磨的鵝卵石般的物件，更神奇的是，在運用方面，也同樣地，我們逐漸忘了機器的存在。

以前我們是在跟一座複雜的工廠交手。但今天，我們幾乎忘了引擎正在運轉。它終於能發揮一顆引擎該有的功能了，乖乖地運轉，就像心臟的跳動，我們根本不會去注意。這個工具已經不再需要我們時時提高警覺注意了。它跳脫了工具的範疇，讓我們能通過它找回古老的自然，就像園丁、航海員、詩人所擁有的那方天地。

起飛後的飛行員，要面對的就是水與空氣。當引擎啟動，當機器劃破水面，激起汩汩水花，宛如鳴金似拍打機身時，人能從腰部的搖晃，感受其作用。他可以感覺得到，水上飛機的速度一秒一秒地加快，正在逐漸蓄積力量。這架十五噸重的大塊頭，好整以暇地，等著一切就緒，一飛沖天。飛行員雙手穩穩地放在控制桿上，慢慢地掌心接收到了這股宛如天神恩賜的力量。控制桿的金屬組件，跟著這份恩賜的力量被交到他的手上，成為這股力量的傳送使者。等力量匯聚完全，飛行員隨即斷開飛機與水的糾纏，將飛機帶上青天。

飛機與星球

4

I

飛機是機器沒錯，卻又是怎樣的一臺分析儀啊！這儀器讓我們得以一窺地球的真實面貌。道路，的確騙了我們好幾百年。我們好比一心渴望探訪御下子民，急於確認人民在自己的統治之下是否安居樂業的女皇。她的一干弄臣，專擅弄權，在她出巡的路上弄了一齣國泰民安的歡樂舞臺，花錢請了人在上頭跳舞。除了主要的巡視幹道附近一小片地方之外，女皇什麼都沒看到，更別提廣闊鄉野間那群快要餓死、不停咒罵她的人。

我們，就是這樣，總是沿著蜿蜒曲折的道路瀏覽風景。這些道路避開了荒蕪貧瘠之地，繞過了岩礫、沙土，它們完全是應人類所需而生，連接一處水源地與下一處水源地。道路把鄉野居民從穀倉帶到小麥耕地，在畜欄門口迎接半夢半醒的牲畜，在晨曦中把牠們推進苜蓿草原。道路連結了這一村與另一村，因為兩座村子的村民有通姻之好。而且就算真有條路想冒險橫越沙漠，也得老老實實地繞上二十個彎，才能抵達綠洲。

因為我們在旅行的路上，看到了那麼多水源充沛的土地，那麼多的果園、草原，我們就這樣被蜿蜒曲折的路給瞞蔽了，它們有如善意的謊言，長久以來一直美化著我們這座監獄的形象。讓我們以為這顆星球既豐饒又溫暖。

但是，我們的眼光變犀利了，我們有了殘酷的技術進步。有了飛機，我們知道了什麼才是直線。飛機一起飛，我們便拋開了這些蜿蜒繞著水池與牧欄，曲折著彎進一村又一村的道路。自此，我們超越了那些原本深受我們喜愛的束縛，從對水源的需求裡解脫，啟航奔向遙遠的目標。所以，唯有處在高高的筆直航線上，我們才能看出大地的主要基礎結構，岩石、沙土與鹽層的分布。偶爾才見得到的人煙，反而有點像散佈廢墟深處的青苔，這裡那裡的叢聚，盼著能開枝散葉。

我們於是搖身一變，成了物理學家、生物學家，細細地觀察這些妝點深谷的點點文明，偶爾會發現有些深谷奇蹟似的生氣盎然，宛若氣候適宜生物成長的花園。就這樣，我們開始從大宇宙的空間角度來審視人類，從機艙窗戶，就像透過某種研究儀器一樣，觀察人類。就這樣，重新理解我們的歷史。

II

飛往麥哲倫海峽的飛行員，會先飛越里約加耶戈斯[23]略往南的地區，也就是從前火山熔岩經過之處。這片平坦地方，火山岩堆積，厚達二十公尺。之後，這裡又遭遇了第二次、第三次的火山熔岩洗禮，自此，這裡隆起的每一顆土包、每一座兩百公尺的凸起，甚至連斜坡上都有火山噴出口。它們完全不似傲視天地的維蘇威火山口，它們就長在平原地帶，像是一尊尊榴砲彈的彈口。

不過，現在這裡已經恢復平靜。我們只能驚訝地看著這片受創的土地，聽著火山在地底騷動時，千百個火山口迴盪的宛如大型管風琴般爭鳴應和的聲響。這片土地如今安靜無聲，飛越時只見黑色冰河點綴其間。

飛得再遠些，年代更久遠的火山口如今皆已披上金黃色的草皮。偶爾還可看到一棵樹自山坳拔起，宛如老盆栽上綻放的一朵花。在黃昏的暮色中，

23 Rio Gallegos：阿根廷南端城市。

這片平原被妝點得宛如一座花園，修剪得短短的草坪，草皮能及的地方最高也只能勉強到那些山口大嘴巴的四周。野兔蹦跳，鳥兒飛翔，生命獲得了一個全新的星球，那裡，肥沃的土層終於得以堆疊。

最後，在抵達蓬塔阿雷納斯[24]之前，還有一批火山口聚落。大片平坦單調的草原舔上火山弧線，這裡之後，滿眼只有輕柔。這片輕柔的麻布重新縫合了每一塊裂谷。大地平整光滑，坡褶和緩，讓人完全忘了這裡原是火山群，丘陵緩坡上的草原抹掉了陰森的印記。

這就是位於世界最南端的城市，天可憐見地夾在古老的火山熔岩，與南極冰河之間，靠著一點爛泥起家。它的位置是如此地接近焦黑熔岩，我們能更清晰地感受到人類創造的奇蹟！奇異的巧遇！沒有人知道是這怎麼辦到的，也沒有人知道是出於什麼樣的理由，一個過客來到了這些個精心準備好的花園，宜居時間極其短暫，地質學上的一個「世」[25]吧，天佑的吉日。

我降落在輕柔夜色中。蓬塔阿雷納斯！我背倚噴泉，望著一群少女。與優雅的她們相隔只有咫尺，更能感受到人的神祕難解。在這樣生命與生命能完美交流的世界裡，連在風眼裡飄浮的花都能與別朵花交錯，任一隻天鵝都

24 Punta Arenas：智利南部城市，是麥哲倫海峽西岸的主要港口。
25 époque géologique：地質學上的時間單位，一個世大約數千萬年。

認得其他天鵝的世界，只有人在砌牆，與外隔絕。

他們彼此間保留了什麼樣的精神層次空間！有關少女的奇想將我隔絕在這個空間之外，該如何才能進入這空間？少女慢慢踱著步子回家，雙目低垂，自顧自發笑，這畫面充滿了想像空間與可愛謊言，該如何才能了解她？她可能藉著對情人的思念，或靠著情人的聲音與沉默，從而建立起一個王國，這個王國在她的心裡，除了他之外，其他人都是未開化的蠻夷。我覺得她被囚禁在她的祕密、習慣、與記憶中迴盪的歌聲裡了，但這總比被囚禁在另一個星球要好。昨日才自火山、草地、乃至鹹鹹的海水當中誕生的她，今日已具半個神性。

蓬塔阿雷納斯！我背倚噴泉。老婦前來汲水，我只能從她們身上表現出的女僕樣態一窺她們的悲喜故事。一個小孩，脖頸貼著牆，正在無聲地哭泣，他在我的記憶中，將永遠只會是一個沒有人撫慰的可愛孩子。我是個異鄉過客。我什麼都不知道。我進不了他們的帝國。

這齣容納了歡樂、友誼與厭憎的盛大人間遊戲，竟是在這樣寒傖的背景中上演！這些人是從哪裡品出這永恆的滋味？這群人就在這方仍留餘溫的熔岩層，與飽受未來沙地與積雪威脅的地上掙扎。他們的文明不過是脆弱的薄薄金箔，只消一座火山、一片新生海洋、一場沙塵暴就能抹除乾淨。

這座城看似躺在我們誤以為像博斯[26]那裡的土地一樣，同是厚厚積累而成的真正土壤之上。我們忘了，這裡跟別的地方一樣，任何生命都是奢侈品，我們忘了，這裡人腳踩的土地沒有一處是厚實的。但我知道，離蓬塔阿雷納斯十公里遠的地方，有一個池塘揭露了這個事實。低矮房舍與營養不良的樹將池塘團團圍住。池塘寒酸得像農莊院子裡的一潭死水。然而，不知怎麼地，這裡的池水卻受到潮汐的牽引。在這麼多靜謐的現實景物，這麼些蘆葦、這麼多玩耍的孩童之中，這片池塘日以繼夜地緩慢流淌，水流依循的卻是別的規範。在平坦的水面下，在如鏡的表面下，在僅有的那艘破敗小船之下，神奇的月亮正在施展魔法。水的深處，漆黑的水底，悄悄地騷動。詭異的消化作用不停地進行，就在那裡，水塘周邊，甚至遠至麥哲倫海峽，在那層稀疏的花草叢的底下。這片廣約百公尺的池沼，就在我們自以為是家園的這座城邊上，穩穩地盤據著人類的土地，傳遞著大海的脈動。

26 Beauce：位於法國巴黎盆地以南，涵蓋目前五個行政省的傳統農業區域，素來以土壤肥沃著稱。

III

我們住在一個漂浮的星體之上。多虧有了飛機，才能三不五時地讓我們看到它運作的源起；與月亮互動的一塊池沼，揭露這些隱密的關係——不過，我還看到了其他的跡證。

我們飛得愈來愈遠，沿著撒哈拉的海岸線，從朱比岬[27]到西斯內羅斯，飛越寬達數百呎到三千公里不等的圓錐狀高地。這些高地的海拔高度驚人的一致，都是三百公尺。除了高度一樣之外，它們還有著相同的色調、相同的土壤沙粒，相同的懸崖外觀。一座座像是教堂裡的圓柱，孤絕地自沙地拔起，這些高地平臺坍塌的殘餘痕跡隱約可見。這些孤零零的柱子見證了，很久以前這裡原來曾經有過這麼一片將它們凝聚在一起的遼闊高原。

卡薩布蘭加—達卡[28]航線劃定的頭幾年，那時候的機械材料都很脆弱，機器故障迫降，與隨後展開的搜索與救援行動，經常迫使我們不得不降落在

27 Cabo Juby：位於摩洛哥南方海岸的海岬。
28 Dakar：塞內加爾首都。

異教徒反叛區內。然而，沙子很會騙人。我們以為它們是堅實的，結果往往深陷沙堆。至於長年堆積形成的鹽岩，看似像柏油路面一樣結實，用腳踩踏，聲音聽起來也頗為堅硬，但有時仍承載不了機輪的重壓。雪白的結晶鹽層於是喀啦裂開，隨之而來的是地底醬黑色池沼飄上來的瘴氣。如果情況許可的話，我們會盡量在這些高地平臺中間選擇一塊表面平滑的地方降落。這樣的平臺上若有陷阱，容易看得出來。

可以這樣打包票，是因為那裡的沙子質地堅韌，顆粒粗大，還有迷你小貝殼堆疊成的巨大礫石包。高地平臺上的礫石包沒有受到任何外力侵害，只是自己會從山頂滑落，碎裂，再聚合。直接與平臺地面接觸，年代最古老的那一堆，已經完全鈣化成石灰岩。

就在我們的同事，漢納與賽赫，遭異教徒叛軍俘虜的期間，我就是在這樣的一個迫降點降落，當時的任務是送一位摩爾族的中間人回去。離開之前，我與他一起四處探尋了一遍，看看哪裡有路可以送他下去。然而，我們選定的這片高地平臺，無論往哪個方向走，走到底都是絕壁，一失足便是垂直摔落深谷。谷底沙丘如床單起伏，想要從那裡走出去，根本不可能。

儘管如此，我還是在這裡稍微耽擱了一下，才離開飛往別處，尋找另一塊可降落的平坦地面。或許是出於愚蠢的沾沾自喜，我想在一塊未曾有人或動物現蹤的地方，留下自己的足跡。至今沒有任何摩爾人有這樣的能耐，敢對這堅固的城堡發動攻擊。至今沒有任何一位歐洲人，絕對沒有，曾探索過這片區域。我繞著這塊百分之百貨真價實的處女地，大步地走。我是第一個把這些貝殼沙粒當成金沙一樣珍貴地捧在手裡的人，看著它們從一隻手心流淌到另一隻手心。我是第一個破壞了這方寧靜的人。這片類似大塊極地浮冰的高地平臺，千萬年來草木不生，我恍如隨風飄來的一粒種子，讓這個地方首次見著了生命。

天上已經出現一顆星星，眨巴眨巴地閃爍。我抬頭凝視那顆星，想著數十萬年來，這片白色高地平臺一直是星星專屬的祕境，是純淨天空下，一條攤開的、潔白無瑕的桌巾。正當我覺得這裡像塊大桌巾，腦中迸出這個大發現似的想法時，我心頭一震，離我十五或二十公尺遠的地方，有顆黑色的大石頭。

我在厚達三百公尺的貝殼碎砂上休息。寬闊的基底一整片黏得緊密牢實，說明了這裡不可能出現石頭的蹤跡。地底深處或許有一些安靜沉睡的燧石，那是這個星球進行的緩慢消化作用下的產物，但這些燧石，竟有一顆能浮上這片年歲還嫌太輕的高地上，怎麼會有如此離奇的事？我忐忑不安地拾起我的大發現：那是一塊堅硬的黑色石頭，約莫一個拳頭大，重如金屬，形體卻像一滴眼淚。

鋪在蘋果樹底下的桌巾，只可能兜到蘋果，那麼攤在星空下的桌巾，能接到的自然也只有星塵了。從沒有一塊隕石能如此這般的，一眼就讓人瞧出它的來處。

我很自然地抬起頭，心想，這一棵高聳入蒼穹的蘋果樹，應該也落下了不少其他的果實。我撿到的這個果實，它的樣貌就是它落地時的本來樣貌，因為，數十萬年來，沒有任何東西能夠來此擾動它，同時也因為它完全無法跟這裡的其他物質混合交融。我的內心湧出一股冒險的實驗精神，隨即動手確認我的假設。

假設獲得了證實。我動手撿拾這些發現物，發覺約莫每一公頃便可以找到一顆。而且外觀都是那種熔岩石化的模樣，粒粒堅硬有若黑鑽。就這樣，通過了一條扣人心弦的捷徑，通過高高的星雨計量器，我見證了這陣緩慢的火雨。

IV

然而，其中感覺最美妙的當然是，站在這顆星球圓圓的背脊上，在這條磁力線與點點星光之間，出現了人的意識，這層意識就像一面鏡子，讓這場火雨現蹤。在這片礦物層上產生的奇想，便是奇蹟。我想起了某次的奇想……

有一次，我被迫降落在一個積累了厚厚沙堆的地方，只能無奈地靜候天亮。金黃色的沙丘正對著月亮展現光明的那一面，而陰暗的另一面則慢慢地往光與影的分界線爬升。這片籠罩在月光與暗夜墨色的荒蕪大地上，充斥著一切活動中止後的靜謐，與捕食陷阱的悄然靜寂。我在其中沉沉睡去。

等我醒來，眼裡只見水盆似的漆黑天穹，因為我躺在一個高地上，雙手抱胸，臉正好對著這盈滿星光的大片蓄水池。因為沒有意識到水池有多深，一時之間，竟感到一陣目眩神迷，我與這深不見底的星辰水池之間，沒有能抓住的樹根，也沒有能遮蔽的屋簷，連根樹枝都沒有，我毫無牽絆，像潛水員一樣，直潛入水底深處。

其實，我根本沒有掉落。整個人從脖子到足踝，都還穩穩地貼在地面上。我扔掉沉甸甸的身體，內心感到某種平靜。我覺得萬有引力就像愛情一樣的至高無上。

我感覺得到大地在我的胸腹底下展開，托住我，抬著我，將我送到漆黑的太空。我發覺自己緊貼著這顆星，那感覺類似馬車轉彎時，速度把你甩著貼緊車體的重力感，我品味這抵著肩的美妙貼合，這份凝聚力與安全感，同時揣度著，身體底下，這艘空艦的甲板弧線。

我是如此清晰地意識到自己被帶著走，所以我絲毫不覺驚訝自己聽見了，來自地底的機件嘎吱，那奮力地想重新定位的哀鳴，那老舊帆船傾斜時發出的呻吟，與快艇前進受阻時爆出的尖銳長嘯。只是，大地厚厚的土層裡，靜寂持續著。只是，這份重力感開始出現在我的肩膀，和諧的，穩穩的，均勻的，彷彿將無限延長至永久。我確實留在這個國度裡了，宛如死去的划槳苦役犯，身體被綁上鉛塊，沉入海底。

於是我靜下來思考我的處境，迷失沙漠中，危機重重，赤條條手無寸鐵立於沙土與星辰之間，異常沉重的靜寂正帶我遠離生命的磁極。因為我很清楚，我得熬上幾天、幾個禮拜、甚或幾個月才回得去，假設沒有飛機發現我，假設明天，沒有摩爾人來這裡把我殺掉的話。在這裡，我身無一物。我只是一個被遺落在沙土與星辰之間的凡人，僅意識到輕柔的呼吸……

儘管如此，我發現自己腦裡充滿了各種奇想。

它們悄然無聲地來襲，像是水源處的泉水，一開始，我並不清楚這佔據了我腦海的甜美滋味為何。靜靜的沒有一點聲響，也沒有任何畫面，只是一種有人在身旁的感覺，一種非常親近的友好情誼，答案幾乎就要呼之欲出了。隨後，我明白了，同時放任自己隨著它去。我閉上雙眼，陷入了往事的魔幻力量中。

某個地方，有座院子，裡頭種滿了蓊鬱的松柏與椴樹，還有一間我很喜歡的老房子。且不管那房子是遠或近，能不能給我溫暖，能不能替我擋風遮雨，反正它在這個奇想裡面扮演的角色微不足道，我只需要有那麼一棟房子在那裡，替我的這個夜晚劃上圓滿的一筆。我不再是一具躺在沙土上的肉身，我找到了方向，我是住在那間房子裡的小孩，記憶裡滿滿都是那間房子的味道，衣帽間是滿滿的清新香氣，屋內是滿滿生氣蓬勃的喧鬧。甚至連池塘裡的青蛙蛙鳴聲都傳到了這裡。我需要這些，千百種各式各樣的標的物，讓我重新認清自己，讓我弄清楚自己到底是缺少了什麼，才造就了這荒漠般的滋味，也想為這由千百片沉默攏聚而成的，連青蛙都閉嘴不語的死寂，找出意義。

不，我不再寓居沙土與星辰之間了。如今這舞臺背景，捎來的只有冷的訊息。而我原先以為來自它的那股永恆滋味，現在，我已經找到它真正的源頭了。我又看見了屋裡穩重如山的大衣櫃。櫃門微開，露出裡邊一疊疊嫩白賽雪的床單。上了年紀的女管家，像隻老鼠似的，從一疊衣物前快步走到下一疊前，細細翻看漂白的衣物，一會兒攤開，一會兒摺上，數了又數，一旦瞄到一星半點可能危害到這間屋子永恆歲月的磨損痕跡，便大聲叫嚷起來：「喔！天啊，太可怕了！」說罷，立刻跑到一盞燈下，就著燈光瞪大眼睛，修補這些聖壇桌巾碰到的悲慘情況，縫合這些三桅桿船的風帆，盡心地侍奉那些，我也不知道是什麼，總之比她更崇高的神祇或船艦。

啊！我必須給你一頁的篇幅。小姐，我結束最初的幾趟旅程返家時，我發現你手上拿著針，膝蓋以下沒入雪白的寬大教袍裡，只是每一年皺紋更多了些，皮膚更泛白了一點，但雙手永遠都在忙著，準備那些能讓我們一夜好眠的平滑床單，與能讓我們愉快用膳，完全看不見縫線的桌巾，以及準備光燦琉璃，杯觥交錯的歡樂節慶。你做女紅時，我去找你，在你面前坐下，跟你講述我九死一生的冒險經歷，希望能觸動你的心，打開的你眼睛探索這世界，讓你動搖。你說我一點都沒有變。小時候，我就常弄破襯衫。「啊！太慘了！」而且常擦破膝蓋，再回屋裡讓人幫我包紮，就像那天晚上一樣。不是，不是啦，小姐！我不是從院子那邊回來，而是遠從世界的那一頭回來，還帶著寂寞的酸苦滋味、沙塵暴的旋風、熱帶地區的亮晃明月一起回來了！當然囉，你對我說，男孩子愛跑，老是骨折，總是自以為很強壯。不是，不是啦，小姐，我去了比這座院子更遠的地方！你知道嗎，這裡的這些樹蔭根本算不了什麼！它們在大地的黃沙、花崗岩、原始森林與沼澤之間，根本一點都不起眼。你知不知道，有這麼一個地方，那裡的人一遇到你，就立刻拿卡賓槍瞄準你？你知不知道，小姐，沙漠有些地方，那裡的人就露天睡在寒冷的夜裡，沒有屋簷、沒有床、沒有床單……

「啊！真沒文化！」你這麼說。

我撼動不了你的信仰，就像我無法動搖勤上教堂的信徒的信念一樣。於是，我開始悲憫她卑微簡單的命運，這讓她變得又聾又盲……

然而，那個夜，在撒哈拉沙漠，赤條條地夾在沙子與星辰之間，我還給了她應得的公允評價。

我不知道我是怎麼了。當滿天繁星釋放磁力，或一股沉沉的重力把我綑在地上。卻有另一股重力將我的意識拉回來。我感應到了身體裡拉著我奔向各種事物的重量！我的奇想變得比這些沙丘、這輪明月、這些人物的存在感更加真實。啊！房子最美好的地方，根本不在於它可以替你遮風擋雨，給你溫暖，抑或是讓人擁有圍牆。而是，它慢慢地在我們心裡積攢下足夠的溫暖。它在我們的心底，形成了一座陰暗山巒，從那座山裡，就像從水源處流出的泉水一樣，孕育出奇想……

我的撒哈拉沙漠，我的撒哈拉呀，一個縫紉女工讓你亮了起來！

綠

洲

5

我已經談了那麼多關於沙漠的事，再繼續往下說之前，我想先聊一下綠洲。我腦中浮現的那片綠洲，並非隱身撒哈拉沙漠的深處，而是飛機創造出來的另一種奇蹟，能直接帶你潛入神祕的核心。此刻你是專修生物學的學生，在飛機舷窗的後頭，望著下方如蟻窩般的人類聚居地。你冷冷地望著座落在平原之上的城市，如星芒般向外散放，座落在給它們帶來補給的道路中央，還有電纜線、或肥沃田野的中央。然而，壓力表上有根指針抖了一下，底下那裡，那叢翠綠瞬間自成一個宇宙。你就成了某個慵散公園裡，一片如茵草地的俘虜。

遠近不是由距離來認定。自家花園的圍牆，圈起的祕密可能遠比中國的萬里長城來得多，而沉默給予少女的心靈保護，遠比厚厚的沙堆帶給撒哈拉綠洲的保護更周全。

我想講一段我在這個世界的某處短暫停泊的故事。地點在阿根廷，靠近康克迪亞[29]的地方。不過，這樣的事可能發生在任何地方：神祕的傳說就這樣流傳開來。

我迫降在田野中。我當時完全不知道自己即將親身經歷一段猶如童話般

29 Concordia：阿根廷城市，鄰近烏拉瓜邊境。

的奇遇。前來接應的福特老爺車，還有招待我的這戶平常人家沒有任何出奇之處。

「你可以在我們家裡過夜……」

然而，車子一轉彎，沐浴明亮月光下的小樹林出現在眼前。這片林子的後方，是那間屋子。多奇特的屋子啊！低矮，厚重，幾乎可以說是一座堡壘。才踏進簷廊，這座彷彿從傳奇故事裡走出來的城堡，就讓人產生一種如同修道院般祥和沉靜的感覺，走進了避風港似的安全感。

此時，兩位少女走了出來。她們臉若寒霜地盯著我，就像兩尊立在某個禁忌王國門前的門神。比較小的那位撇了撇嘴，手上拿著一根綠色的小木條，一味地敲打地面。彼此介紹完畢後，她們一語不發，默默地伸出手，臉上盡是好奇挑戰的神色，然後離開。

我覺得很好玩，也深受吸引。這一切是那麼地單純、安靜、隱約，就像才剛吐露出一個字的祕密。

「嘿！嘿！她們沒見過什麼世面。」父親淡淡地解釋。然後我們進了屋。

在巴拉圭，我很喜歡一種從首都的石板路面間探出頭的，帶有諷刺意味的小草，它來自隱形的原始森林，我們雖然看不見但確實存在著。小草前來這裡刺探，看看人類是否還固守這座城鎮，看看是否是時候該過來鬆動一下這裡的石板了。我喜歡這種看似衰敗的樣貌，其實它呈現出來的是裡面豐富異常的珍寶。這裡，所有的一切都讓我感到讚嘆不已。

因為所有的東西都是一副衰敗的樣子，而且很棒的是，那是一種歷經歲月刻蝕，略顯龜裂又佈滿青苔的老樹姿態，是一種數十年來世代戀人都來小憩的公園木椅姿態。木頭護壁板老舊剝落，門扇蟲蛀磨損，椅子的椅腳晃動。若說這些東西缺乏修繕，但清潔工作卻非常到位，每樣東西都很乾淨，刷洗得亮晶晶。

客廳看起來像是老婦飽經風霜的臉，滿是皺紋。牆面處處裂縫，天花板破損。我細細欣賞著這一切，當中最吸引人的，莫過於這裡的地板，這裡凹一塊，那裡搖搖晃晃像是塊彈跳板，但通通都細心擦洗得光可鑑人。奇特的房子，沒有放任其腐朽，處處可見細心呵護的痕跡，透著超乎尋常的崇高肅穆氛圍。每一年的添歲，想必也為它的魅力，為這張複雜難解的容顏，熱情的友好氣氛增添了一些別的東西，好比說，從客廳走到餐廳的路上，我們可能遇上且須隨時小心因應的重重危機。

「小心！」

那是一個洞。他們出聲請我留意，因為這樣大小的一個洞，很可能會害我跌倒骨折。這個洞，不是某個人造成的，純粹是歲月的產物。它帶著大老爺的姿態，像個不屑聽取任何辯解的主上。他們沒有跟我解釋：「我們是可以把地上所有的洞都補好，我們有這個錢，只是……」他們也沒有跟我說。但事實確是如此：「我們跟市政府承租了這棟房子，租期三十年。這些應該是市政府要來修理的。雙方各持己見……」他們不覺得需要花費心力來解釋這個，如此的安之若素，讓我喜出望外。

他們就說了一句：「嘿！嘿！屋子有些破爛……」

只是那話音如此淡然，連我都不禁要懷疑，我的這些朋友其實對這件事一點都不覺困擾。你能想像一群泥水匠、木匠、木頭傢俱師傅，與粉刷師傅拿著那些褻瀆聖物的泥水工具，在這樣一段歷史的遺跡上來回搓弄嗎？然後，在八天之內，把這裡改造成你完全認不出來的樣子，讓你誤以為你只是暫時旅居此地而已？把這裡變成類似市政廳會客室那樣，一棟不帶神祕、沒有隱密角落、腳下沒有活板門沒有地下室的屋子，你能想像嗎？

這棟宛如魔術師隱身道具般的房子裡，少女倏忽消失蹤影似乎是非常合理的事。如果說連客廳都已經蘊藏了閣樓才可能存有的寶藏，那麼閣樓會是什麼樣呢！我們已經可以從微開的櫥櫃中略知一二，櫃裡躺著一捆捆泛黃的信件、曾曾祖父留下來的收據，還有大串比家裡鎖孔還要多出許多的鑰匙，這些鑰匙自然沒有一把能開得了任何一道鎖。這些令人讚嘆又毫無用處的鑰匙，總讓人理智下線，讓人奇想連連，想到地下室、深埋地底的寶盒、金幣。

「請入座，好嗎？」

我們圍著餐桌坐下。我呼吸著如焚香一般，從一個房間飄散到另一個房間的味道，那是完勝世上所有香氛的古老書櫥味道。我尤其欣賞這裡的燈座。都是沉甸甸的真正燈座，拿著它從一間房間走到另一間，就像我很小的時候那樣，牆壁上即刻搖曳舞動出令人讚嘆的美麗光影。稍稍抬高，一束束光芒與片片黑色棕櫚葉立即現蹤。然後，把燈放就定位，這片光之海岸，與四周遼闊的夜色保留區立即靜止不動，只剩木頭受壓發出的聲響。

兩位少女以先前隱身離去時，同樣離奇、同樣安靜的身法，再次現身。她們神情肅穆的入座。她們應該已經餵過蓄養的狗、小鳥，也打開了窗戶迎接皎潔的月色，更品嘗了夜風夾帶來的草樹香。現在，她們一邊攤開手邊的餐巾，一邊用眼角餘光監看我的一舉一動，鄭重地思考著是否該將我列入她們熟悉的那些動物之屬。因為她們還養了一隻蜥蜴、一隻狐獴、一隻狐狸、一隻猴子和一些蜜蜂。牠們散居各地，彼此相處得和樂融融，建構了一個自己的新樂園。她們統治創世紀的所有動物，用小巧的手吸引牠們，給牠們吃，給牠們喝，給牠們說故事，從狐獴到蜜蜂，無不仔細聆聽。

我早有準備，等著看這兩位生命力如此旺盛的女孩，發揮出她們的批判精神與敏銳的感應力，給她們面前的這個男性，快速地下出彼此祕而不宣的最終判語。我很小的時候，我的姊妹們也是這樣給來訪的賓客，或首次有幸坐上我們家餐桌的客人打分數。於是，賓主交談語聲暫歇之時，突然間，一聲「十一分！」[30]劃破寂靜，座上除了我的姊妹們和我之外，沒有人能懂得這個中的滋味。

幼時玩的這個遊戲讓我稍感不安。更何況，我感覺得出來，兩位評審的目光如炬。這兩位評審能分辨得出哪些動物天真善良，哪些會搞怪騙人，能從狐狸走路的腳步裡看出牠是否心情愉快，同時對於動物內心的活動也有很深刻的認識。

我喜歡如是犀利的眼睛，與如是耿直的天真心靈，但我深自盼望她們能換一個遊戲玩。儘管手法粗劣，但因為我太怕聽見「十一分」了，所以不停地獻殷勤，為她們遞鹽，給她們倒酒，但一抬頭，我就看到了她們嚴肅但客氣的表象下，是用錢也買不通的法官。

連讚美阿諛都沒有用。她們不懂何謂虛榮心。不是自大驕傲，她們早就

30 法國考試滿分為二十分。

認定自己比我敢於奉承的更好。我根本不敢想利用我的職業來換取些許豔羨之情，因為這跟爬上梧桐樹的高枝，單純只是為了確認一窩小鳥羽翼已豐，或為了跟朋友道聲早安一樣的禍福難料。

兩位安靜的仙女，始終嚴密地監看我用餐，她們鬼祟的目光飄來，被我捕捉到的次數如此之多，以至於我終於停止了交談。屋裡一片靜默，靜默持續的時間裡，地板上傳來微微的窸窣，然後延伸到桌子底下，最後安靜下來。我抬起頭，滿眼的疑惑。此時，年紀較輕的那位，大概已經觀察得很滿意了，但恐怕也是用罄最後一塊試金石了吧。野蠻的小牙齒撕咬麵包，帶著一絲希望能夠感化蠻夷的天真，假設萬一我真的是個化外蠻夷的話，她淡淡地跟我解釋：

「那是蛇。」

語畢，她感到非常滿意，好像這句解釋，只要不是太笨，任何人都該聽得懂。她的姊姊迅雷似的看了我一眼，想要評鑑我的第一反應。兩姊妹接著低下頭，將那全世界最甜美，最機敏的臉龐對著面前的盤子。

「啊！……原來是蛇……」

這些話很自然地從我嘴裡迸出。那東西穿過我的雙腳，擦過我的小腿肚，原來是蛇……

很幸運地，我笑了。她們也毫無窒礙地感覺到了我的笑容。我笑是因為我覺得很高興，因為這個房子，說真的，每多待一分鐘都讓我更加喜歡它。再者，因為我很想多知道一些關於這些蛇的事。兩姊妹的姊姊為我解了惑：「桌子底下有個洞，是牠們的窩。」

「每天晚上十點左右，牠們就會回到這裡，」姊姊補充道：「白天，牠們會出去獵食。」

這次換我，毫不遮掩地，直勾勾地盯著這對姊妹，看透了隱藏在她們平靜面容底下的優雅作態與無聲的笑。我只能對她們所統御的國度感到欽佩與讚嘆……

今天，我大概是在做夢吧。這些都是多久前的事了。那對姊妹花後來怎麼樣了呢？她們應該都已經嫁做人婦了吧。那麼，她們應該也變了？從少女過渡到人妻的階段是如此嚴肅的事。她們在新房子裡做些什麼呢？她們跟野草和蛇的關係變成什麼樣了呢？她們被拖進了普世皆然的凡塵俗事裡。然而，總有一天，少女體內的女人總會甦醒。人們總盼著能找到一個十九分的人。給出深深藏在心裡的十九分。然而，現實裡卻出現了一個混蛋。那雙目光如此犀利的眼睛，生平第一回，看錯了人，還朝那個人投射了美麗的光彩。那個混蛋，如果會吟詩，我們就以為他是詩人了。我們便以為他能理解破洞的地板，以為他會喜歡狐獴。以為那條在餐桌底下、在他雙腳之間，蜿蜒滑行的蛇，那份悠然自得會讓他驚喜。我們把宛如原始花園的真心獻給了他，而他卻只鍾情於精心修剪的花園。就這樣，這個混蛋把公主變成了奴僕。

沙漠中

6

I

我們這些飛撒哈拉航線的飛行員，穿梭往返於各個小型軍事堡壘之間，在那裡常常一待就是數年、數月或數個禮拜無法回家，我們等於是被監禁在沙漠之中，如此這般的甜美溫暖，我們自然無福享有。沙漠裡完全看不到類似的綠洲。花園與少女，那是天方夜譚！當然，在那遙遠的地方，只要工作結束，我們便能再嘗溫柔，那裡有千百個女孩在等著我們。當然，在那裡，她們與狐獴、與書籍為伴，慢慢地滋養出鮮美的心靈。當然，她們人也變得更美了……

然則，我了解何謂孤獨。三年的沙漠生活，我已嘗透了那個滋味。我們並不怕在這礦物的國度裡耗損青春，只是，看上去，更像是遠離了我們的世界正在逐漸凋零老去。樹上累累結實，地上長出麥穗，女人出落得亭亭玉立。四季更迭不止，所以必須趕緊回去……四季更迭推前，我們卻被綁在遙遠的他鄉……大地的財富就像沙丘的細沙，正不斷地從我們的指縫流失。

一般而言，人們不會感覺到時間的流逝。人們生活在一種暫時性的靜態之中。然而，當我們降落某個中途停靠站，當永不停歇的信風在我們的身上拍打時，我們感受到了時間的流動。好比搭乘快車的旅客，耳裡滿是車軸穿破夜幕的聲響，他看著玻璃窗外一閃而過的幾撮光線，心裡猜想著那是某片田野、村落或某個魔法莊園裡點亮的燈火，他想抓卻抓不住，因為他還在路上。我們也一樣，身體微微發熱，耳朵還隱隱殘留著飛機飛行的噪音，儘管已經降落在平靜的中途停靠站了，卻仍然覺得自己還在路上。我們發現自己原來也一樣，跟著風的思緒，跟著心的跳動，被帶往一個未知的未來。

異教徒叛亂也是沙漠的一環。朱比岬的夜被切割成每十五分鐘為一單位的區塊，就像鐘塔每一刻鐘便敲響一次一樣，愈來愈靠近的巡防衛兵，會按照規定大吼一聲示警。朱比岬的西班牙堡壘，地處異教徒反叛區中心區，因此必須時時提高警覺，防範那些鮮少現跡的威脅。而我們是這條盲目航行戰艦上的過客，聽著呼喊逐漸接近、膨脹，我們心底浮現海鳥驚飛遮天的畫面。儘管如此，我們愛這片沙漠。

如果說沙漠給人的第一印象只有空曠與寂寥，那是因為它不會展現它的真實樣貌給只想要一夜春宵的人看。國內一般平凡的鄉村小鎮都知道要保持神祕了。雖說我們不會為了一個小鎮，而放棄其餘的世界，但若我們不走進去，去了解它的傳統、它的風俗習慣、甚至走到它的對立面，我們是無法了解這個對某些人來說等於是全世界的小鎮。還有，就在我們的身邊，就有那種一心想遁入修道院潛修，與世隔絕，依循著我們不了解的規矩生活的人，那種人宛如從西藏高原那般遺世獨立的世界裡走出來，那是一個連飛機都無法帶我們進去的遙遠地方。我們會在那種人的房間裡會看到什麼呢？房間是空的。人的帝國存乎於內心。因此，沙漠並不是光只有沙子、圖阿雷格人[31]，連扛著槍的摩爾人都無法概括之……

今天，我們在這裡覺得口渴了。我們會發現已知的那口井，它讓整片沙漠亮了起來，但就僅僅今天一天。一個毫無存在感的女人也能像這樣讓整棟屋子亮起來。一口井，它的影響既深且遠，就跟愛情一樣。

沙地一開始都是荒蕪的，後來有一天，因為害怕土匪來襲，我們看到了它披上了一件大衣，與那大衣上的皺褶。土匪也同樣改變了沙地的樣貌。

我們接受了遊戲的規則，玩著我們依照著它的形象所制定出來的遊戲。撒哈拉沙漠只在我們的心裡展現出它的真實樣貌。想走進它，不能靠尋訪綠洲，而是要將我們的信仰轉化成一方甘泉。

31 Touareg：分佈於撒哈拉沙漠的一支游牧民族。

II

我第一次飛，便識得了沙漠的滋味。希蓋爾、吉奧梅與我，我們曾在諾克紹[32]的軍事碉堡附近迫降。那個時候，這座茅利塔尼亞的小驛站，跟隱沒在大海裡的小島一樣的人煙罕至。碉堡裡有位與世隔絕的老士官長，統領著十五名塞內加爾下兵。他看到我們，簡直把我們當成上天派來的信使。

「啊！能跟你們一起說話，感覺……哇！感覺真的很不一樣！」

「真的是很不一樣的感觸。」說著，他哭了。

「你們幾位是我這六個月來見到的第一批訪客。上面每隔六個月會給我們送補給品來。有時候來的是中尉，有時候是上尉。上次來的就是上尉……」

我們還沒完全回過神呢。再飛兩個小時就能抵達達卡了，那裡的人現在正忙著準備午飯呢。只是一個連桿組件斷了，我們的命運就跟著改變了。我

32 Nouakchott：茅利塔尼亞首都。

們搖身一變，變成了老淚縱橫的士官長眼中的上天顯靈。

「啊！喝吧，我很高興能請你們喝酒！想想看！上尉上次來的時候，我一滴酒都沒了。」

我曾在一本書裡講過這段故事。但這絕不是我虛構出來的小說情節。他跟我們說：「上一次，連想舉個杯歡迎他都沒有辦法……我太羞愧了，就申請了職務調派。」

舉杯歡迎！跟從單峰駱駝背上跳下來，渾身大汗的那個人，乾上一大杯！忍耐了六個月，只是為了這一分鐘。一個月前，這裡的人都已經把武器擦得亮晃晃的，哨站裡，從地下貯藏室到閣樓也都刷得光可鑑人。早在幾天前，這裡的人，個個就已經覺得那個大日子即將來臨，他們在天臺的高處監看，堅持不懈地，眺望地平線，希望能發現那股滾滾黃塵，阿塔爾[33]機動小分隊出現時揚起的沙塵……

只是，酒已經沒了。沒有辦法慶祝，沒辦法舉杯。他們因此覺得羞愧難當……

「我好希望他們快點到。我一直在等……」

33 Atar：茅利塔尼亞西北部城市，位於撒哈拉沙漠內。

「他現在在哪兒呢，士官長？」

士官長指著黃沙：

「我們不知道，上尉可能在任何地方！」那一夜也是真有其事，在碉堡天臺上聊著星星的夜晚。這裡也沒有別的東西可以監看了。星星就在那裡，一個都不少，就像我們在飛機上看到的一樣，只是穩定許多。

在飛機上，每當夜色太美，我們經常會不自禁地放開手任它翺翔，不再操控它。機身於是自然而然地，慢慢朝左傾斜。我們還以為飛機一直是平平地飛行呢，直到我們發現右側機翼底下出現了一座村莊。然而，沙漠裡沒有村莊。那麼這該是大海中的一葉漁舟吧。然而，廣闊的撒哈拉沙海裡，也不該有漁舟。那麼這是什麼？於是，我們只能笑一笑認了錯。然後，慢慢地把機身弄平。讓村莊回到它該在的位置點上，把翻落的星星重新掛回天上。那是什麼村莊呢？是的，是星星村。只是，從天臺的高度，只能看到一片凍土似的荒漠，波浪起伏的沙丘悄然不動。天上的星星都掛在原處。士官長跟我們聊起了這些星星。

「是啊！我非常清楚自己的方位……跟著這顆星星一直走，就能走到突尼斯！」

「你是突尼斯人？」

「不是。是我的表妹。」

一陣長長的靜默。士官長不敢對我們有絲毫隱瞞：

「總有一天，我會去突尼斯。」

當然，不是是跟著這顆星星一直走，而是走另一條路。除非哪一天在探勘枯井的途中，他突然陷入詩人般的狂想。那顆星星，那位表妹，與突尼斯就這麼全混淆在一塊了。屆時，這段深受啟發的長征，這段俗世無知者皆以為艱辛的旅程，將揭開序幕。

「我已經跟上尉申請過一次休假去突尼斯了，為了這位表妹。他卻回我……」

「他回你什麼？」

「他回我說：『這世上，表妹到處都是。』因為達卡距離這裡比較近，他就讓我去了達卡。」

「她長得漂亮嗎，你的表妹？」

「突尼斯的那個嗎？當然漂亮。她可是個金髮美女。」

「不是啦，我是說達卡的那個？」

士官長，聽了你略帶惱恨與哀愁的回答，我們好想給你一個擁抱。

「一個黑妞……」

撒哈拉沙漠對你來說，是什麼呢，士官長？是永遠朝著你來，卻一直還在半路上的天神。也是五千公里沙塵外的一個金髮表妹的溫柔。

沙漠於我們又是什麼呢？是在我們心底醞釀滋生的某種東西。讓我們體會、認識了自己。我們也一樣，那個夜裡，我們也愛上了一位表妹，和一名上尉……

III

艾提安港[34]位於尚未綏靖的疆域邊界上，還稱不上是座城市。那裡有一座碉堡、一個機棚和一棟專門接待我們公司機組人員的小木屋。四周，是徹徹底底的荒漠。雖然艾提安港配有的軍事資源少得可憐，卻可以說是固若金湯。想要攻下它，必得橫渡一條用黃沙與砲火組成的環狀地帶，因而所有匪類就算攻到城下，也都因為儲水用盡，只剩得半條命了。儘管如此，就人們記憶所及，總是有來自北邊某個地方的匪徒肖想攻進艾提安港。每次，鎮守此地的司令隊長到我們這裡喝茶的時候，總會在地圖上畫出他們巡邏隊的行進路線，話說得像是在講一個拯救美麗公主的傳奇故事一樣。不過，這幫匪徒從來沒有打到這裡，他們就像溪流一樣，被周圍的黃沙給吸乾了，因此我們都稱他們是幽靈土匪。傍晚，我們拿了政府分派給我們的手榴彈和彈藥匣之後，就各自躺在床腳邊上的木板箱裡睡覺。我們要對抗的敵人，除了寂靜

34 Port-Etienne：現稱努瓦迪布（Nouadhibou），是西非國家茅利塔尼亞的第二大城。

之外無他，我們的一貧如洗就是保護我們的第一層防護罩。機場指揮官盧卡斯，無論是白天或黑夜，都會打開留聲機。在這距離俗世如此遙遠的地方，留聲機對我們訴說著幾乎失傳的晦澀話語，一股無來由的哀傷襲來，奇怪得很，像極了口渴的感覺。

那晚，我們留在碉堡吃飯，司令隊長帶我們欣賞了他的花園。事實上，是法國那邊寄了三箱真正的肥沃土壤給他，這些土就這樣長途跋涉了四千公里。他用這些土養了三棵綠色植物，我們用手指輕輕撫摸他們，就像是在撫摸珠寶一樣。隊長在聊到這些植物時，總是說：「我的花園。」每當那能讓一切枯黃凋萎的沙暴風塵揚起時，他便立刻把這座花園搬到地下室。

我們的住處離碉堡大約一公里遠。飯後，我們一行人便頂著月光踏上歸途。月光下的沙子是粉紅色的。我們感到自己一貧如洗，但沙子是粉紅色的。哨兵的一聲呼叫頓時讓我們回到這可悲的世界。整個撒哈拉沙漠只要有人一瞥見我們的影子，霎時提高了警覺，對我們進行盤查，因為有一幫匪徒正在蠢蠢欲動。

哨兵的吼叫迴盪整個沙漠。沙漠不再是一間空屋，裡頭有一隊喜愛夜色的摩爾人行旅。

我們可能以為自己安全無虞。只是疾病、意外、匪徒，這是有多少威脅一路尾隨我們啊！就神祕的狙擊手來說，人是這大地上的標靶。而塞內加爾哨兵，就像先知一樣，適時地提點我們這個事實。

我們回答：「法國人！」然後在這位黑天使的眼前離開。我們感到輕鬆許多。威脅讓我們變得好勇敢……喔！威脅其實還遠著呢，一點都不緊急，這無垠的沙子就是最好的緩衝；然而，這世界已不再是原來的世界。這片沙漠，再次變得波瀾壯闊。在某個地方，一幫匪徒正朝此奔來，永遠攻不進來的匪徒，也成了傳奇。

現在，已是晚上十一點了。盧卡斯從無線電報站那裡回來，對我說達卡來的飛機十二點鐘抵達。飛機上一切安好。十二點十分，他們會把郵件搬到我的飛機上，然後我起飛往北。我對著破損的鏡子，專心地刮鬍子。偶爾，我會走到門口，毛巾掛在脖子上，望著光禿禿的沙地，天氣不錯，風停了。然後走回鏡子前。思忖著。這風已經颳了好幾個月，如果停了，有時候反而會擾亂整個天空的氣流。現在，我開始穿戴裝備——腰間皮帶綁了備用手電筒，還有高度計、鉛筆。我走到奈里身旁，今晚他是我的隨機無線電報接收員。他也刮了鬍子。我對他說：「你好嗎？」目前，都好。飛行前的檢查是整趟任務中最簡單的一環。但是，我聽見了細微的劈啪響聲，一隻蜻蜓撲上了燈。不知為何，牠讓我感到揪心。

我再次走到戶外，看到一切明淨如洗。跑道邊上的山壁與天空形成強烈對比，感覺現在像是大白天似的。沙漠籠罩在一種深沉的寂靜當中，像是打理得整整齊齊的大屋那樣的深沉。此時一隻綠色的蝴蝶跟兩隻蜻蜓相繼朝我的燈撲來。我再次感到一種悶悶的感覺，或許是喜悅，又或者是恐懼，總之那感覺來內心的深處，透露出些許訊息，只是仍晦暗難解，彷彿在很遠很遠的地方有人在跟我說話。難道這就是直覺？我再次走到戶外，風已經完全停了。但我收到了一個警告。我隱約地猜到了，我相信我已經猜到了有什麼在等著我。我的猜想是對的嗎？天空和沙地都沒有露出任何徵兆，只有兩隻蜻蜓向我透露了，還有一隻綠色的蝴蝶。

我爬到沙丘上，面東坐下。萬一我是對的呢，「這事」要不了多久就要發生了。這些蜻蜓來這裡，這個離沙漠內地綠洲有數百公里之遙的地方，來尋找什麼呢？

擱淺沙灘的零星殘骸，見證了海上有暴風肆虐。所以，這些昆蟲是在告訴我，有一場沙塵暴正往這裡來。來自東方的風暴，它重創了遙遠的棕櫚樹林與生存其間的綠色蝴蝶。風暴的殘餘沫子將影響到我。不容小覷，畢竟它是見證；不容小覷，畢竟它代表著嚴重的威脅；不容小覷，畢竟它背後隱含的是一場風暴。東風揚起，它細微的喟嘆從我身上輕輕拂過，但我幾乎感覺不到它。我是大浪能波及的最遠極限。在我身後二十公尺外的帆布帳，不見絲毫晃動。那熾熱一度將我團團包圍，就這麼一次，感覺就像是死亡的輕撫。

然則，我非常清楚，在此之後的幾秒鐘內，撒哈拉沙漠將再次吐納調息，接著呼出第二聲喟嘆。之後，要不了三分鐘，我們機棚的風向袋將隨這氣息翻騰。而十分鐘內，黃沙便會遮蔽整片天空。待會兒，我們就得在這團火焰當中升空，這團自沙漠返回的熊熊大火。

但這不是讓我心情激動的主因。我內心充滿了某種獸性的歡樂，因為我終於能隱約理解這玄奧的語言了，就像原始人能用鼻子嗅出蛛絲馬跡一樣，對他們來說，未來的一切都可以從細微的雜音中窺知一二，就像從一隻蜻蜓的拍翅聲裡讀出大地的憤怒一樣。

IV

在那裡，我們和未歸降的摩爾人時有接觸。他們來自禁地的深處，我們只曾高空飛過的地域。他們會大著膽子來朱比岬或西斯內羅斯的碉堡買麵包、買糖或茶，買完，立即返回他們的神祕國境。而我們也會把握他們路過採買的機會，向他們當中的幾位釋出善意。

這其中若有位高權重的首領級人物，我們還會邀請他們上飛機，事先說好飛行的方向，讓他們看看這個大千世界。重點是要滅滅他們的傲氣，因為他們是出於蔑視，其比例比憎恨更高，才殘忍地殺害俘虜。就算在碉堡附近碰上了我們，他們也懶得咒罵我們，只是立即別過頭，朝地上吐一口唾沫，隨即揚長而去。而這份傲氣源自於他對自己強大的無知幻想。他們昂首矗立，面對三百餘名長槍手的軍團，仍躍躍欲試。他們準備衝鋒陷陣之時，我不知遇見過多少人對我說：「算你們好運，法國，我們得走上百餘天才到得了……」

總之，我們就是帶著他們四處走，最終他們當中有三位踏上了他們從未到過的法國土地。這三位與曾跟著我一起去了塞內加爾的那個些人同屬一族，當他們看到樹林的時候，激動得留下男兒淚。

我走進他們的帳篷時，他們正在舉辦歌舞會，未著寸縷的女人在花間舞蹈。這些男人從來沒見過樹，沒見過泉水，沒見過玫瑰花。他們從可蘭經的記載中得知有花園這種地方，那裡流水潺潺，因此他們稱之為天堂[35]。人只要熬過三十年的悲慘，加上異教徒開一槍讓他倒在沙地上痛苦死亡後，他便能進入這個樂園，成為樂園的囚徒。然而，真神欺騙了他們，因為這些法國人，竟然不需要經歷乾渴的折磨，更不用賠上生命作為代價，就被賜予了這些珍寶。於是，年老的首領，現在，有了奢望。他們認為環繞他們營帳四周，無限延伸的撒哈拉沙漠，在他們的一生中，給予他們的東西太微薄，於是開始吐露真心話。

「你知道……法國人的真神……對待法國人，比起摩爾人的真神對待摩爾人，要慷慨多了！」

幾個星期之前，我們帶他們到薩瓦地區[36]參觀。嚮導帶他們去看了水勢滂薄的瀑布，嘩啦轟鳴的一條麻花水柱。

35 paradis：伊斯蘭教裡的天堂，按阿拉伯原文字面上的意思即為「花園」。
36 Savoie：法國一省，鄰近瑞士。

「嘗嘗看。」他對他們說。

那是淡水。水！在這裡，人需要走上多少天才能夠抵達最近的水井，而且就算找到了那口井的所在位置，又需要多少個鐘頭挖開覆蓋其上的黃沙，然後才會慢慢地滲出混雜了駱駝尿的泥水！水啊！朱比岬、西斯內羅斯、艾提安港，在那裡，摩爾人的小孩手拿空鐵罐，伸手要的不是錢，他們要的是水。

「給一點水，給……」

「如果你們乖乖聽話。」

價值勝黃金的水，少少一滴便能從沙子裡拉出一截草綠。假設某個地方下雨了，撒哈拉立即出現一波遷移潮。各部落蜂擁前往三百里開外，往那個冒出草的地方奔去……十年來，如此吝惜地，一滴都不肯落在艾提安港的水，在這裡嘩啦奔流，彷彿這個世界的儲水正從一座決堤的蓄水池裡，狂瀉而下。

「走吧。」嚮導對他們說。

然而，他們一動也不動。

「讓我們再待一會兒……」

他們不發一語，神情嚴肅，安靜無聲地領略這個莊嚴的玄奧事件。這些從山腹中，就這樣，傾瀉出來的，是生命，是人的血脈。一秒內流出的量就足以讓整支駱駝隊死裡逃生，他們會因為乾渴而變得頭腦不清，就此落入永無止境的鹹水湖與海市蜃樓幻象中，無法自拔。真神，在這裡，展現了神蹟，他們無法轉身離開祂。真神打開閘門讓天降甘霖，展現祂的力量。這三位摩爾人靜靜地，無法動彈。

「你們還要看什麼呢？走吧……」

「等一下。」

「等什麼？」

「結束。」

他們想等真神累了，想等祂結束這任性妄為的時刻。神很快就會後悔的，祂可是很吝嗇的。

「可是這水已經流了千年之久！……」

於是，那天傍晚，他們不再多談瀑布的事。對某些神蹟，最好保持沉默。甚至最好不要去多想，否則，他們會怎麼想都想不通。否則，他們會對真神產生懷疑……

「法國人的真神，你瞧……」

可是，我的蠻邦友人，我了解他們。他們在此，信仰大受打擊，感到不知所措，彷彿自今日起他們接受招降已是指日可待之事。他們盼著透過法國軍需處獲得大麥的補給，並希望我國駐撒哈拉的軍隊能保證他們的安全。確實，只要他們願意接受招降，是可以換取物質上的財富。

但，他們三人都是特拉扎[37]地方的酋長，艾爾馬蒙（El Mammoun）的後裔。（我想我可能把他的名字拼錯了。）當他臣服我們，還是我國的附庸封臣時，我就認識他了。有鑒於他對我國的許多貢獻，他還獲頒官方榮譽勛章，當然也得到了總督餽贈的錢財，以及部族的敬重，從有形實質財富的角度來看，他好像什麼都有了。但，一天夜裡，毫無跡象可循，他殺害了陪同他前往沙漠的軍官，奪走駱駝、槍枝，回歸未招降的部落行列。

我們把這位如今亡命沙漠的酋長，這種英雄式卻又絕望的反動與逃亡行徑，稱之為叛亂。他短暫的榮光很快就熄滅了，就像阿塔爾機動小分隊的防彈土堆上架設的火箭炮。他的瘋狂舉動讓人們感到驚訝不已。

然而，艾爾馬蒙的故事也是其他許多阿拉伯人的故事。他老了。人老的時候，會開始思考。於是，某一天晚上，他發現自己背叛了伊斯蘭的真神，

37 Trarza：現為茅利塔尼亞西南部一省，臨大西洋。

在他蓋印與基督徒做了利益交換之時，就已經弄髒了自己的手，失去了一切。

的確，大麥與和平對他來說又算什麼呢？變成了牧羊人的墮落戰士，如今想起了他的故鄉撒哈拉，那裡的黃沙每一道褶縫都暗藏殺機。在那裡，營隊在夜裡摸黑前進，派遣斥候到前方刺探；在那裡，凡是與敵人動靜有關的消息都會讓夜裡圍著營火的人，血脈僨張，心跳加速。他憶起了一種無邊大海的滋味，那種滋味，一旦嘗過了，就永遠不會忘。

如今的他，榮光散盡，在這片失去了魔幻光彩的和平土地上流浪。今日的撒哈拉僅僅是一片沙漠罷了。

遭他殺害的軍官，也許他很尊敬他們，但他對阿拉真神的愛凌駕了一切。

「晚安，艾爾馬蒙。」

「願真神保佑你！」

軍官蜷在自己的毯子裡，躺在沙地上，就像躺在木筏上一樣，與星辰對望。現在，所有星星都在緩慢地轉動，整片蒼穹變成了一個時計。現在，月亮眼看著就要沒入沙土，被萬物之神帶回虛無之境。基督徒很快地就要進入夢鄉。再過幾分鐘，將只剩星星發出光芒。於是，為了讓蒙塵的部族得以重拾過往榮耀；於是，為了讓唯一能讓這片沙地散放異彩的追殺劇碼再起，只要聽見在睡夢中被他們送上黃泉的基督徒死前的悶哼，就足夠了……再過幾秒鐘，而且是不可逆轉地，一個世界即將誕生……

然後，他們殺害了睡夢中的英勇尉官。

V

今天，在朱比岬，克馬爾與他的兄弟穆顏邀請我到他們的帳篷裡喝茶。穆顏靜靜地望著我，藍色的頭巾遮住嘴唇，散發著濃濃的野性。只有克馬爾跟我說話，擔負起東道主的責任。

「我的營帳、我的駱駝、我的女人、我的奴隸都是你的。」

穆顏那雙眼睛始終沒有離開過我的身上，他彎身對著他的兄弟說了幾句話，然後再度閉上嘴。

「他說什麼？」

「他說：『彭納福（Bonnafous）從蓋巴特（R'Gueibat）那裡搶走了一千隻駱駝。』」

這位彭納福上尉是阿塔爾機動分隊裡的駱駝騎兵隊隊長，我並不認識他。但我從摩爾人那裡聽說了他許多偉大的傳奇事蹟。他們憤恨不平地說著他的事，但口吻卻像是在談論某位天神。他的出現給沙漠帶來了價值。今天，他又再一次地，也不知道他是怎麼辦到的，突然出現在一群往南方前進的匪幫後頭，搶走了數百隻他們的駱駝，並且強迫他們臣服於他，才讓他們保有他們的財寶，他們還以為東西藏得很安全哩。現在，這位大天使出奇不意的現身，拯救了阿塔爾，而且他的營帳就紮在高高的石灰岩石臺上，他直挺挺地站在那裡，像個人人爭搶的獎品。他的鋒芒如此之盛，逼得各部落不得不向他開戰。

穆顏神情益發嚴厲地盯著我，又開口說了些話。

「他說什麼？」

「他說：『我們明天會集結出發，攻打彭納福。三百枝長槍。』」

我其實已經猜出了個大概。三天來，我們帶往水井的那些駱駝，那些談判贈禮，那份熱烈的氛圍。我們像是在為一艘隱形的帆船整備帆纜索具。而且即將引領它出航的海風，已開始盤旋揚升。因為彭納福的關係，朝南方推進的每一步，都成了充滿榮耀的一步。我已經無法分辨，這樣的出征是源於憎恨，抑或是出於愛慕。

在世上擁有這樣一位剽悍的敵手等著我們斬殺，是一件神聖偉大的志業。他現蹤的地方一經傳開，鄰近的部族無不收起他們的營帳，集結他們的駱駝，盡速逃跑，深怕與他迎面對上，反而是距離最遠的部族個個像墜入愛河似的一頭熱。他們被迫拋棄帳篷的平靜生活，離開女人的懷抱、幸福的酣眠，一路朝南，備極艱辛地跋涉了兩個月，忍受著喉間火熱的乾渴，在黃沙漫天之下蹺伏等待。還有在凌晨意外遭遇阿塔爾機動分隊等種種磨難之後，此刻的他們覺得，願真神寬恕，這世上沒有任何事比殺掉彭納福上尉來得更重要。

「彭納福很強。」克馬爾坦承。

我現在知道他們的祕密了。就跟渴望佔有女人的男人一樣，他的夢裡都是那名女子隨興漫步的樣子。那隨興漫步的模樣如影隨行地跟著他們，讓他們徹夜難眠，心痛，發熱。彭納福就算遠在天邊，他的步履也能讓他們飽受煎熬。這個穿得像摩爾人的基督徒，降伏了挺身對抗他的匪幫，帶領著兩百名摩爾人強盜，深入異教徒反叛區。在那裡，他的手下很有可能會掙脫法國人的壓迫，從被奴役的狀態中覺醒，然後毫髮無傷地，將他送上石臺獻祭真神。然而在那裡，光是他的名頭就能夠震懾住他們；在那裡，他就算變弱了也能讓他們聞之喪膽。那一夜，在他們不甚安穩的睡夢中，聽見他走過來了，隨興地走過來了，他的跫音迴盪，深至沙漠核心。

穆顏陷入沉思，他待在營帳的深處，始終一動也不動，宛如一座藍色花崗岩浮雕，唯獨雙眼炯炯有神。銀製的匕首當然不再只是裝飾而已。自從他號召各路匪幫團結以來，他就變了！他感到了自身的高貴，從來未有過的崇高，也因此對我更是鄙夷。因為他將馳騁黃沙，找尋彭納福。因為他只待天光一亮，將浩蕩出征，而鞭策他的那股憎恨，卻有著與愛慕一模一樣的特質。

他再次彎身對他的兄弟低聲說了幾句，然後盯著我。

「他說什麼？」

「他說下次遇見你，如果不是在碉堡附近的話，他會開槍殺了你。」

「為什麼？」

「他說：『你有飛機、你有彭納福，但你沒有真理。』」

藍色頭巾下的穆顏絲毫未動，裹在如石雕般的衣衫皺褶裡，打量著我。

「他說：『你跟山羊一樣吃生菜，跟豬玀般骯髒的人一樣吃豬肉。你的女人不遮臉，一點都不知廉恥。』他都看到了。他說：『你從來不禱告。』他說：『就算你有飛機、有彭納福，又有什麼用，你沒有真理？』」

我很佩服這位摩爾人，他沒有大言捍衛自由，因為在這片沙地上，人人一直都是自由的，也不侈言捍衛看得見摸得著的財寶，因為沙漠一向貧瘠匱乏，但他誓言捍衛一座神祕的王國。在這波波相連到天邊的靜寂沙浪中，彭納福像個無惡不作、經驗豐富的老海盜，帶領他的機動分隊攻無不克，也多虧了他，朱比岬營區不再是懶散牧羊人的聚居地了。彭納福風暴在一旁進逼，為此，入夜，營帳都緊閉帳門。南方的安靜，靜得讓人心驚膽顫：那是彭納福的寧靜！而穆顏瞪著一雙老獵戶之眼，凝耳細聽他在風中行進的腳步。

將來，等彭納福要返回法國的時候，他的敵人，非但不會覺歡欣鼓舞，反而會為此流淚，他的離去像是拆掉沙漠的一個磁極，又像是從他們人生帶走一些光彩，他們肯定會對我說：

「你的彭納福，他為什麼要走？」

「我不知道……」

多年來，他一生的職志都是在與他們對抗。他把他的規矩變成他們的規矩。他以他們的石頭為枕，臥枕而眠。在這無止境的追逐戰裡，他跟他們一樣認識到了聖經裡描述的夜，有著滿天的星辰與漫天的風沙。隨著他的離開，他揭示了一個道理，他的這場遊戲其實無關緊要。他倨傲地離開了石臺。而被拋下獨自繼續這場遊戲的摩爾人，因為再也不需拋頭顱灑熱血了，反而像是失去了某種生存的意義。他們仍然對他抱持著信念。

「你的彭納福，他會回來的。」

「我不知道。」

他會回來的，摩爾人心裡這麼想著。歐洲人玩的那些把戲是留不住他的，軍隊裡的橋牌局、升遷，還有女人通通都沒用。他會回來的，他滿腦子都是過去的崇高理想，在那裡，他邁出的每一個步子都叫人血脈僨張心跳加速，就像人們義無反顧地朝愛情奔去。他可能誤以為這裡的一切只是一段冒險，那裡才能找到生命的重心，但他終將懊惱地發現，原來他僅有的真正財富，是他在這裡、沙漠裡，擁有的那些：神奇的沙子、夜晚與寂靜，是這一片風沙與星辰之境。倘若彭納福有一天真的回來了，消息在當晚便會傳遍整個異教徒反叛區。摩爾人知道，他會睡在撒哈拉沙漠的某個地方，與麾下的兩百名強盜一起。到時，他們將悄悄地領著他們的單峰駱駝來到井邊。準備好大麥。一一確認過炮閂。驅策他們的是憎恨，抑或是愛慕。

VI

「把我藏在飛往馬拉喀什（Marrakech）的飛機上……」

在朱比岬，每天一入夜，這名摩爾人的奴隸總會向我提出這簡短的請求。說完，他像是用盡了所有求生的力量似的，盤膝而坐，開始為我準備茶。就這樣，他獲得了一天的平靜，他以為這樣做是在向唯一能夠治癒他的醫生告解，向唯一能夠解救他的神明祈求。燒水壺邊上的他，在腦中反覆地重溫他這一生的簡單畫面，馬拉喀什的黝黑土地，玫瑰色的房子，以及被奪走的基本必要財產。對於我的默不作聲，我的遲遲不肯施予援手，他從未心生怨懟。他認為我跟他不一樣，我是一股前進的力量，是哪一天將在他生命中揚起的一股順風。

然而，我只是個飛行員，只是暫時代理朱比岬機場指揮官一職幾個月的飛行員罷了。我轄下的全部財產，就只有挨著西班牙軍事堡壘的一間小木屋，木屋裡有個洗浴盆、一罐骯髒的水、一張太短的床。我對自己的能力不曾有過太多的幻想。

「老巴克（Bark），我們再看看……」

所有的奴隸都叫巴克，所以他也叫巴克。雖然已經被囚禁在這裡四年了，他仍不肯認命——他記得自己曾經是主子。

「巴克，你在馬拉喀什是幹什麼的？」

他的妻子和三個孩子應該都還在馬拉喀什，在那裡他有一個非常光彩的工作。

「我是牧群領航員，我叫默罕默德！」

那裡的地方官會叫他過去，說：「默罕默德，我要賣一些牛，到山裡把我的牛帶一些回來。」或是跟他說：「我有一千隻羊在平地上，把牠們帶到山上水草豐富的地方。」

於是巴克手執橄欖枝權杖，帶領羊群展開大遷移，獨自擔起羊群安全的重責大任。在母羊生寶寶的時候，讓步履敏捷的羊慢下腳步，或鞭策發懶不肯動的羊，他在所有羊隻的信任與服從下前進。只有他知道該往那裡走才能找到應許之地，唯獨他能觀星指路，只是他空有滿腹經驗卻無法與羊隻分享，他必須一個人做決定，智慧地加以判斷，決定何時休息，而在何時會有泉水湧出。夜裡，羊群酣眠之時，他獨自倚天而立，小腿隱沒羊毛間，他無限憐惜地看著這麼許多無知的弱小生物，兼具醫生、先知與君主角色於一身的巴克，為他的子民祈禱。

有一天，一幫阿拉伯人來找他：「跟我們一起到南邊找牲畜。」他們帶著他走了好久，三天後，他走進了一條山坳小路。那裡緊鄰異教徒反叛區。然後，他們把手搭在他的肩上，只說他以後名字就叫巴克了，就這樣他被賣掉了。

我也認識別的奴隸。我每天都會來營帳裡喝茶。光著腳斜躺在游牧民族最奢華的羊絨地毯上，這片地毯就是他幾個小時的家，而我正在回想白天的旅程。沙漠裡，時間的流逝明顯易察。火辣的陽光底下，人們奔向夜晚，奔向涼風。涼風輕拂四肢，吹去全身的汗水。火辣的陽光底下，人與牲畜若趕路奔向水源地，同樣也是奔向死亡。這裡，白日偷閒絕對不是沒有用意的。整個白天看似美好得像通往海邊的道路。

我認識這些奴隸。當首領從寶物箱裡拿出火盆、燒水壺和茶杯時，他們便陸續走進帳內。在這個沉甸甸的裝滿了各式荒謬物件的箱子裡，可以看到鑰匙不見了的鎖頭、沒有花插的花瓶、廉價的鏡子、破舊的武器，這些東西若散落沙地上，很難不讓人以為是船隻遇難後留下的痕跡。

奴隸默默地用乾枯的樹枝架起火盆，吹旺火苗，往水壺裡加滿水，盡力收起一身足以拔起雪松的肌肉，幹起小女孩的活兒。他神色平靜。全心全力扮演好這個角色，煮茶、照顧駱駝、吃飯。從白天的熾熱，走到夜晚，然後又在寒冷的星光下盼望著白晝的酷熱。北方的國家很幸運，四季更迭分明，夏季裡，歌頌皚皚白雪，冬季裡，歌頌和煦陽光。悲哀的熱帶地區就像一只乾燥箱，幾乎沒有季節的變換，不過，也幸好撒哈拉沙漠的日與夜，能輕易地讓人們轉換對冷熱的企盼。

有時候，黑奴會蹲坐在門口，飽嘗夜風。回憶再也不會來打擾這副囚俘的沉重身軀。他只隱約記得自己被綁架的那一刻，那些拳打腳踢，那些尖叫，將他打入現今這片黑夜中的那個人的手臂。從那一刻起，他沉浸在一種詭異的睡眠狀態之中，變得像盲人一樣，看不見塞內加爾緩緩流淌的溪流，或是摩洛哥南部的白色城鎮，像聾子一樣，聽不見熟悉的聲音。今天晚上，他並不覺得自己可憐，今天晚上，他只是失明又失聰罷了。落進了游牧民族的生命循環，加入了他們的遷徙，一輩子跟著他們在沙漠裡刻劃巡弋的軌跡，與他們綁在一起，如今，他跟他之前的那段過去、家庭、妻子與孩子，還留有什麼共通點呢？那些對他來說，已經是死透了的東西了。

曾經長時間被人深愛呵護過的人，在被剝奪了這份愛之後，有時候也會厭倦了孤芳自賞。他們卑下地往現實人生與庸劣的愛靠攏，讓自己能從中感受到幸福。他們發現放下自尊、低聲下氣卑躬屈膝，而後進入的心靈平靜狀態很美好。奴隸把主人的火盆變成了他的驕傲。

「來，拿去。」有時候囚奴的主人會這麼說。

這是主人對奴隸表示仁慈的時刻，此時兩人比肩站在涼風習習的帳篷門口，路上的疲憊與灼熱感已消退大半。他遞了一杯茶給他。而這囚奴，為了這杯茶，止不住滿溢的感激之情，親吻了主人的膝蓋。這裡從來沒有奴隸被綁上鐵鍊。根本不需要！他忠心耿耿！他識時務地否定了心底那個被奪走一切的黑人君主的存在，他只是一個快樂的囚奴。

儘管如此，總有一天，他會獲得釋放。當他老得不值得主人再賞他飯吃、給他衣穿時，他將獲得一份超出他所能負荷的自由。整整三天，他穿梭帳篷之間，一間一間地毛遂自薦，終究徒勞無功。他一天一天的衰弱，到了第三天，天光將盡的時候，他認命地躺在沙地上，席地而眠。我在朱比岬見多了這樣赤裸裸的死亡。摩爾人眼睜睜看著他們慢慢走上這條，也說不上殘暴血腥的死亡道路，而摩爾人的小孩就在這副黝黑的遺骸旁邊玩耍。每天早上，他們都會嬉鬧著跑過來看看這副身軀是否還會動。他們這樣的舉動絕不是存心來戲弄這位老僕人。這是大自然的秩序。就像我們會說：「你努力工作了一輩子，該好好睡一覺了，睡吧。」他就一直躺在那裡，身體能感覺到的只有那飄渺虛幻的飢餓感，卻不是那只會折磨人的不公不義。他慢慢地與大地交融。烈日曝晒，化為塵土。三十年的努力工作，換得與大地同眠。

日後，就算我再認識了別的奴隸，肯定也不會聽到他出言埋怨——他沒有任何人可以埋怨。我猜他心裡應該早就不知怎地認命了，就像迷路的登山客，氣力用盡，倒在雪地上，籠罩在幻想與白雪之中。讓我揪心的不是他身心所受的苦。我一點都不認為他在受苦。但，當一個人死亡，也就是一個未知的世界即將幻滅之際，我不禁要想，在他心底逐漸模糊消失的畫面是什麼？到底是塞內加爾的哪處農園，摩洛哥南方的哪座城鎮，漸漸地沉入了被遺忘的深淵？我不知道這塊黝黑的物質，在生命即將隕滅的那一刻，是否依舊單純可憐地擔心著自己還有茶要煮，有牲畜要趕到井邊……又是否奴隸的靈魂能獲得安息，又或，因為往事歷歷湧上心頭，反而讓他心神一振極有尊嚴地死去。堅硬的頭蓋骨，對我來說，就像是一只老舊的藏寶箱。我不知道什麼樣的明豔絲綢、什麼樣的歡樂節慶場面、什麼樣的泥爪痕跡能逃過劫難，被拋在這裡，在這片沙漠上。它們顯得如此破敗，如此百無一用。那只寶箱就在那裡，箍得結結實實的，感覺沉甸甸的。我不知道，人在最後幾日的莊嚴長眠裡，世界的哪個部分在這人的意識與肉體裡崩解了，而後這意識與肉體再慢慢地變成夜與根。

「我是牧群領航員，我叫默罕默德……」

巴克，這位黑奴，是我認識的奴隸當中第一個想對抗奴隸命運的人。摩爾人剝奪了他的自由，讓他在一夜之間，變得比剛出生的新生兒還要一窮二白，但這不算什麼，因為真神也會降下暴風雨，在短短一個小時內，將人的莊稼摧毀得一乾二淨。但是，比起他失去的財產，摩爾人對他這個人的身心掠奪更讓他刻骨銘心。巴克不認命。相反地，其他眾多囚奴卻放任心底的那個牧群領航員默默地死去，整年辛苦幹活只為賺一口飯吃！

巴克不像其他奴隸因長久苦等落空，轉而安於現狀只求溫飽，他不願接受奴隸的身分。他不願把主人的恩惠當成奴隸快樂的泉源。他為暫時無法現身的默罕默德保留了一間屋子，默罕默德在他胸膛裡居住的屋子。雖然現在因為空無一人而顯得悲涼，但沒有其他人可以住得進來。巴克很像一名全身發白的衛兵，倒在路上野草與無聊的寂靜間，盡忠職守地死去。

他不說：「我叫默罕默德．班．拉胡珊（Mohammed ben Lhaoussin）」，而是說：「我是默罕默德」，因為他一直盼著這個被遺忘的人能有甦醒的一天，只要這個人醒來，他就能剝掉身上奴隸的外衣。有時候，夜深人靜，往事一股腦兒湧上心頭，他還能完整地哼唱一首兒歌。「深夜裡，」摩爾語通譯員告訴我們：「深夜裡，他會說起馬拉喀什的事，然後哭起來。」人在孤獨的時候，沒有人能夠逃得過這樣的思鄉之苦。然後，住在他心裡的那個人，毫無預警地，醒了，他伸展著四肢，想要尋找本應躺在他身邊的女人，然而這片沙漠，從來沒有女人會想靠近他。巴克豎起耳朵想聽泉水淙淙，然而這裡從來沒有泉水流經。巴克閉上眼睛，想像自己住在一棟白色的屋子裡，每晚安穩地待在同樣的一顆星星底下，而此地的人們，住的是棕色粗呢拼湊出來的房子，日日逐風。巴克懷抱著不知從哪裡勾起的往日情懷，彷彿它們的磁極已近在眼前。他跑來找我。他要告訴我，他準備好了，所有的情感都已經累積到位，他別無他法，只有回家才能疏解內心的情感，只等我給他一個信號。巴克笑著指著我，我當時還沒有意會過來。「是明天吧，郵航……把我弄上飛機，去阿加迪爾……」

「可憐的老巴克！」

我們人在異教徒反叛區裡，我怎麼可能幫他逃亡？天知道摩爾人第二天會用什麼樣的殺戮詛咒手段來報復我們。於是，我試著透過在中途停靠站工作的技工，羅貝格、瑪沙與阿布卡勒，表達希望替他贖身的意願。摩爾人肯定沒見過多少個願意為奴隸花錢的歐洲人，這種事可不是天天有。於是，他們獅子大開口：

「兩萬法郎。」

「你在開玩笑吧？」

「你看看他的手臂，多強壯有力……」

就這樣，幾個月過去了。

終於，摩爾人的氣焰稍稍下降，同時我也寫信給在法國的友人，在他們的協助之下，替老巴克贖身的事終於出現了一線希望。

好一場討價還價。雙方僵持了八天之久。我們，一共十五位摩爾人加上我，圍成圓圈坐在沙地上。我有一位朋友，名叫金·烏爾德·拉塔里，是一名小混混，恰好也是這個奴隸主人的朋友，他在暗中幫我。

「把他賣了吧，反正你也使喚不了多久了，」他聽從了我的建議，這麼對奴隸主人說：「他有病。一開始還看不太出來，但病就裡面。說不準哪一天就突然全身腫脹。不如盡快賣給那個法國人。」

我還找了另一個小流氓，拉吉。如果他能幫我把這筆買賣說成的話，就給他一筆佣金。拉吉也跟在一旁慫恿：

「拿了錢，你可以去買駱駝、槍枝和子彈。這樣一來，你就可以集結人馬跟法國人開戰了。這樣一來，你就能從阿塔爾搶回三、四個新奴隸。那老傢伙賣了算了。」

於是，他們把巴克賣給我了。我把他鎖在我們的小木屋裡足足六天。如果他在飛機到達這裡之前，出去外面亂晃，很可能又會被摩爾人抓走，而且賣到更遠的地方。

總之，我把他從奴隸的身分中解放出來了，還舉辦了一場盛大的儀式。與會的人士有伊斯蘭教隱士、奴隸的前主人、伊布拉欣[38]與朱比岬的地方官。這三位非常樂於砍掉他腦袋的強盜，單純地為了演一場好戲給我看，竟在距離堡壘圍牆二十公尺的地方，親熱地擁抱他，然後才在正式的文件上簽了字。

「現在，你是我們的兒子了。」

根據法律，他也是我的兒子。巴克於是擁抱了他的每一位父親。

在出發之前，他在我們的小木屋裡過著溫馨的監禁生活。在此之前，他每天要反覆念誦二十遍以上我們給他規劃的簡易旅行路線：在阿加迪爾下飛機，機場會有人交給他一張前往馬拉喀什的客運車票。巴克扮自由人的模樣，活像小孩在扮探險家——奔向自由的路程、客運巴士、人群、即將再見到的城鎮……

38 Ibrahim：伊斯蘭教的先知，即亞伯拉罕。

羅貝格代表瑪沙與阿布卡勒跑來找我，總不能讓巴克一下車就餓死吧。他們拿了一千法郎請我轉交給巴克，好讓他有時間安頓再慢慢地找工作。

這讓我想起了那些「搞慈善」的好人家的老太太，施捨個二十法郎就要人家感恩戴德。羅貝格、瑪沙與阿布卡勒是飛機維修技工，他們卻給了一千，他們不是在搞慈善，更不要求對方千恩萬謝。他們的舉動也不是出於同情，他們跟上面說的那些盼著自己得到好報的老太太不一樣。他們只是希望能替一個人把身為人的尊嚴找回來。他們深知，就如同我一樣，在回歸故里的狂喜消退之後，找上巴克的第一位友人必然是悲慘，要不了三個月，他將來到鐵路沿線的某個地方，辛苦地挖枕木。比起在沙漠跟我們在一起的時候，更不快樂。但，他有權自己做主，有權決定自己要與族人一起生活。

「好了，巴克老友，去吧，去成為一個人。」

機身震動，準備起飛。巴克彎身朝朱比岬一望無際的荒涼，做最後的巡禮。飛機前方聚集了兩百名摩爾人，他們想看看一個將獲重生的奴隸臉上會有什麼表情。而且，萬一飛機故障了，他們或許還有機會在遠一點的地方把他給抓回來。

我們向這位五十一歲的新生兒揮手告別，略帶不安地看著他闖蕩世界。

「再見了，巴克！」

「不對。」

「什麼不對？」

「不對，我的名字是默罕默德．班．拉胡珊。」

我們委請一位阿拉伯人，阿布達拉（Abdallah），等巴克在阿加迪爾下飛機時，給予他協助。也是從他那裡，我們最後一次聽到關於他的消息。

因為要到當天晚上才有巴士車班，於是巴克有了一整個白天的空閒時間。他先是在這座小城裡，安靜地信步亂走了很長一段時間，阿布達拉還以為他在擔心害怕什麼，關心地問：

「怎麼了？」

「沒什麼……」

巴克意外獲得半日閒暇，這無拘無束的自由，來得太快，他一時之間還沒能意識到自己已重獲新生。當然他隱約已經感受到了一股幸福的滋味，但除了這份幸福的感覺之外，昨天的巴克與今天的巴克，兩者之間沒有任何不同。但，從今往後，他能和別人一樣，公平地共享這燦爛陽光，他有權坐在這裡，坐在這間阿拉伯咖啡館的木棚底下。他找了個位子坐下，為自己與阿布達拉點了茶。這是他擺出的第一個闊氣舉動：擁有的權利，可能徹底地改變了他。服務生平靜地過來替他倒茶，彷彿他的舉動再平常不過了。服務生在倒茶的時候，並沒有特別感覺到，他這是為一個人慶祝他重獲自由。

「我們去別的地方看看吧。」巴克說。

他們前往阿加迪爾的制高點喀什巴[39]。年輕的伯伯爾族舞孃[40]聚集到他們身邊。她們柔順的千嬌百媚，讓巴克相信他就要重生了。甚至連他自己都不知道，迎接他進入這個人間的會是她們。她們牽起他的手，為他奉上茶，如此和善，只是她們對任何一個人都是如法炮製。巴克想要講述他重生的故事。她們嬌柔地笑著，她們為他感到高興，反正只要他高興就好。他想看到她們讚嘆的眼光，於是又說：「我的名字是默罕默德．班．拉胡珊。」但這句話並沒有讓女孩們出聲驚嘆。每個人都有名字，而且很多人的名字都有著古老的淵源……

他纏著阿布達拉往城裡走。他在猶太人開的店鋪前閒晃，仰望大海，心想他終於可以隨心所欲，想往哪裡走就往哪裡走，他自由了……但這份自由

39 La Kasbah：是阿加迪爾一座山丘上的古城牆遺跡。
40 Berbers：散居於西北非的閃族語系伯伯爾語民族，伯伯爾人並非單一民族，而是許多文化、經濟生活方式相似的部落族人的統稱，現多集中在摩洛哥與阿爾及利亞兩國。

透著酸苦：因為自由，他這才發現自己與這個世界脫節得多厲害。

於是，若有孩子經過身邊，他會伸手輕輕撫摸孩子的臉頰。孩子咧嘴笑了。這孩子不是主人的兒子，不需要刻意討好。這孩子只是巴克憐愛地伸手撫摸的虛弱孩童。於是他笑了。這個孩子喚醒了巴克，就因為這樣一個以笑容回報他的虛弱孩子，巴克覺得自己在這片土地上的分量似乎重了那麼一點。他開始隱約看清了一些事，此刻，他挺胸邁開了大步。

「你在找什麼？」阿布達拉問。

「沒什麼。」巴克回答。

就在一條街的轉角處，他碰上了一群小孩在玩，他停下腳步。就在這裡。他靜靜地看著這群小孩子。然後，大步離開，朝猶太人開的商鋪走去，回來時，雙手抱著滿滿的禮物。阿布達拉生氣地說：

「笨蛋，不要亂花錢！」

但巴克沒有聽他繼續說教。一本正經地對每個孩子招手。小小的手伸過來討要玩具、手鐲與繡著金線的伊斯蘭拖鞋。每一個小孩拿到想要的珍寶後，把東西抱得緊緊地，然後飛也似的跑走了，毫無禮貌可言。

阿加迪爾城裡的其他孩子聽到消息後，跟著跑到他的身前，巴克為他們穿上繡金線的拖鞋。而住在阿加迪爾周邊地區的小孩聽到風聲也趕了過來，他們爭相朝著這位黑人真神叫喊，拉扯他身上的破舊奴隸衣衫，高聲討要他們的那一份。巴克花光了所有的錢。

阿布達拉認為他是「高興得發瘋了」。但我認為巴克是想要讓大家分享他內心滿溢過了頭的喜悅。

反正他已經自由了，他有權利讓自己受人喜愛，有權往北或是往南走，更有權靠自己工作來賺取麵包。這些錢又有什麼用呢……他就像餓過頭的人一樣，感到自己必須走進人群，與人們產生連結的需要。阿加迪爾的舞孃對老巴克溫柔殷勤，但他毫無留戀地離開了她們，一如他輕輕地來，她們不需要他。在那間阿拉伯人咖啡攤工作的服務生，街上行走的行人，每個人打心底都把他當作一個自由人那般的尊重，與他公允地共享他們的陽光，但他們之中沒有任何人顯示出需要他的意思。他是自由了，但他的存在是如此地渺小，小到幾乎感覺不到自己在這塊土地上有任何分量。他缺少的是那份讓人邁不開腳的人情羈絆，那些淚水、告別、訓斥、歡樂，與人在做出某個舉動時，撫慰了或撕裂的東西，將他與其他人依附在一起，讓他覺得肩頭擔子沉重的千般絲連。不過，巴克肩頭已經擔上了千種期盼……

巴克的自主權在阿加迪爾落日的榮光中開始，長久以來，黃昏的這份涼爽，對他來說，是他每日唯一能領受到的溫暖，是他僅剩的畜欄。出發的時刻快到了，巴克在大群小孩密密麻麻的圍繞下，邁步前行，就像從前被牛羊圍繞一樣，在這個世界烙下他的第一道足印。明天，他將回家，回到貧困交迫的家，他得一肩挑起養活一家大小的重責，可能比他那雙衰老的雙手所能扛得起的多得多。但，在這裡，他真實地感受到了自己的分量。巴克被周圍千百個非要到繡金線拖鞋不可的孩子拖著，拉著，舉步維艱，他像個體重太輕的大天使，為了能像人一樣的生活，他只好作弊，在自己的腰間藏了鉛塊。

VII

這就是沙漠。一部可蘭經，不過是制定了遊戲的規則罷了，卻將黃沙變成了帝國。可能什麼都沒有的撒哈拉沙漠深處，被拱成了一塊祕境，攪動人類的熱血。真正的沙漠生活不是部落遷徙，逐水草而居，而是那個至今仍不斷有人在玩的遊戲。歸順開化的沙漠與另一個沙漠，兩者之間存在著多大的實質差異啊！人類不都是這樣的嗎？對著這塊面目全非的沙地，我想起小時候玩的遊戲，想起那座被我們設定成有無數天神居住的公園，既陰暗又燦爛。想起了我們以平方公里為單位，憑著想像畫出的那無邊國度，一個我們從來沒有真正去認識，或完整探索過的國度。我們建立了一個封閉的文明，在那裡，每個腳步都有其滋味，每件事物都具有專門的意涵，不得互用。然而，當你長大了，人生受到了另一種律法規範時，那座滿是童年影子，充斥著魔法、凍寒、灼熱的公園還剩下什麼？如今，我們舊地重遊，沿著外圈灰黑色石頭矮牆信步遊走，內心湧出了些許失望。我們驚訝地發現，過去我們認定為無窮廣大的那個省分，竟然是封閉在這麼一塊方寸之地裡，我們於是明白，自己再也回不到那個無邊的國度了，因為我們該重溫的地方，不是這個公園，而是那個遊戲。

不過，這裡已不算是異教徒反叛區了。朱比岬、西斯內羅斯、波多肯薩多[41]、薩蓋艾爾哈姆拉[42]、多拉（Dora）、斯馬拉[43]，都已不再神祕。人類爭相探索的未知天際，一個接一個地失去了光彩，就像昆蟲，一旦被溫潤的雙手攏進了掌心，便失去了顏色。但是，追尋它們的人並不是被天馬星空的奇想所操控的玩具。人類苦苦追尋新發現，這並沒有錯。《一千零一夜》裡的蘇丹王也沒有錯，他追尋一種奇妙異常的物質，被他抓住的美麗女奴，只要輕輕碰上一點，便會在晨光中，一個接著一個地倒在他的懷裡死去，因為她們翅膀上的金粉不見了。沙漠的魔力滋養我們，或許，其他人來這裡是為了探勘油井，想挖到石油一夕致富。但，他們來得太晚了。因為那些人跡未至的棕櫚林，無人碰過的原始貝殼粉塵，已經把這它們最珍貴的部分給了我們。雖然僅僅是一個小時的熱血沸騰，但我們真正的領受到了。

***

41 Puerto Cansado：摩洛哥漁港。
42 la Saguet-El-Hamra：西撒哈拉地區的主權爭議地區，現由摩洛哥實質管控。
43 Smarra：西撒哈拉地區的主權爭議地區，現由摩洛哥實質管控，是當地的傳統宗教中心。

沙漠？它給了我從心靈親近它的機會。一九三五年，在前往印度支那突擊的途中，我再次飛進利比亞的上空，卻像被膠水黏住似的困在埃及的荒漠裡，一度以為自己死定了。下面就來說說這段故事。

沙漠中央

I

一進入地中海的上空，便碰上了低矮雲層。我將高度下降了二十公尺。傾盆大雨捶打機艙擋風玻璃。海面彷彿冒著煙。我費了九牛二虎之力才勉強看得到前面有什麼，絕不能讓飛機擦撞上船隻的桅桿。

隨行的技工，安德烈．培沃特，給我點了一根菸。

「咖啡……」

說著，他的身影消失在後機艙，回來時手上多了個保溫壺。我喝著咖啡。偶爾輕輕動一動油門操縱桿，讓引擎轉速維持在兩千兩百轉。目光快速掃過麾下的儀表：我的臣民都非常地服從，指針都待在它們應該在的位置上。我看了一下海面，大海在滂沱大雨的衝擊下，滾滾水氣蒸騰，活像個大熱水盆。倘若此時我開的是水上飛機，肯定會很懊惱海面過於「凹陷」。不過，我現在是在飛機上。管它凹不凹陷，反正我不會在水面降落。這樣一想，不知為何，心裡竟湧出一股荒謬的安全感來。大海不在我的世界裡。在這裡，機械故障與我無關，也威脅不了我的安全，我不受大海的控制。

飛了一個半小時後，雨勢終於平息。雲層依然低矮，但，陽光已經能像燦爛的笑容般，穿透雲層。我欣賞著這雨過天晴的緩慢變換過程。腦裡浮現雪白的薄薄棉花畫面。我傾斜機身，避開一顆棉花種子，已經不用穿過雲層中心了。果然第一片雲正在分裂……用不著看，我早已預先料到了這一切，因為，在我的正前方，大海的上空，我瞄到了一條拖得長長的草原色帶，一種亮綠與深綠交雜的綠洲色澤，那景象跟每回我從塞內加爾升空，長途飛越了三千公里的黃沙之後，再次在摩洛哥南部上空看到的那片大麥田一樣，總讓我揪心感動。這裡也一樣，讓我有一種終於來到一塊不是人煙罕至的地方的感覺。我因而有些微微的喜悅。

我轉身對培沃特說：

「沒事了，都很順利！」

「是啊，都很順利。」

突尼斯。我趁著飛機加油的時候，填寫、簽署文件。就在我要離開辦公室的當兒，我聽見幾聲近似跳水的「撲通！」聲。一種悶哼似的音響，沒有任何回音。當下隨即想起自己曾經聽過類似的聲音：是停機棚爆炸。這低啞的咳聲奪走了兩名工作人員的生命。我轉頭朝沿著跑道修築的道路走過去，有些微煙塵從那裡冒出來，是兩輛跑車擦撞，兩輛車像是被冰凍似的停在那裡。有人急急往那邊跑，還有一些人往我們這邊跑。

「打電話……叫醫生……頭……」

我心上一緊。向晚的祥和暮光下，命運之神剛剛成功地揮出了致命的一擊。

美麗的東西，智慧的結晶，還有人命……遭破壞擄掠，強盜就是這樣流竄沙漠，沒有人聽得到他們踩在沙地上的彈性步履。營區裡短暫地出現了一則蠻族部落殺進來的謠言。之後，一切回歸原先金黃餘暉下的安靜。同樣的祥和，同樣的悄然無聲……我身旁的人說，有人頭部重創。我不想知道有關那顆血跡斑斑，了無生氣的頭顱的任何描述，於是轉身踏上來時的路，回到飛機上。然而，我的內心隱約殘留著一絲危險的感覺。要不了多久，我將再次聽見這個聲音。在我以每小時兩百六十公里的時速，飛快地鏟上那片黑色高原平臺的時候，我再次認出了命運之神所發出的，那同樣低悶的咳嗽聲，「嗯哼」！祂已經在等著我們赴約了。

向班加西[44]出發……

44 Benghazi：利比亞北部的港口城，也是該國的第二大城。

II

上路了。白天還有兩個小時的時光。不過，當我飛進的黎波里塔尼亞[45]後，我就摘掉了墨鏡。沙子閃耀金光。天啊，這顆星球原來是沙漠！在這裡，我再一次感覺到，原來溪流、綠蔭與人蹤是美妙機緣下的偶然相遇。岩石與沙子佔據了這星球多麼大的比重啊！

這一切對我來說非常陌生，我生活在飛行的領域裡。我感覺到黑夜將至，這裡一入夜，人們就像被關進廟裡似的。我們被監禁在黑夜裡，依循著極為重要的神祕儀式，進入無可救藥的冥想。眼前這褻瀆神靈的世界已經開始變得模糊，就快要消失了。所有景物仍緊緊抓著金黃陽光的尾巴不放，但有些東西已開始蒸發消散。沒有任何東西能比得上此時此刻，我是說真的，沒有任何東西。但凡曾經莫名地愛上飛行的人，就能明白我的意思。

就這樣，陽光一點一點地離棄了我。萬一飛機故障，還能伸手收留我的

45 Tripolitaine：北非的一個歷史地區，位於今日利比亞的西北部。

廣袤金色地表，也離棄了我……為我指引方位的地面標誌，離棄了我。能助我避開凶險的高山輪廓也離棄了我。我衝進夜幕。筆直飛行。我，只剩下星星……

這片世界的死亡過程，循序而緩慢。光線慢慢地減弱。天空與大地慢慢地融合連成一片。大地逐漸往上升高，像蒸氣一樣的往四方擴散。率先現蹤的星星，像是在泡在墨綠色的水裡似的，晃漾抖動。還需要等上好長一段時間，它們才會變成堅硬穩固的鑽石。我也還得等上好一段時間，才能觀賞到流星的無聲遊戲。一些深夜，我看到了多得令人眼花撩亂的火苗四下奔竄，還以為星空颳起強風了呢。

培沃特正在測試一些固定的燈具與逃生照明燈。我們用紅紙包住燈泡。

「再包一層……」

說著，他又包了一層，打開開關。光線還是太強了。強光會讓外面世界的蒼白畫面變得晦暗模糊，就像攝影沙龍那樣。有時候，在夜裡，它還會破壞黏在物體表面的那層淡淡光膜。夜幕裹上了大地。但這還不是真正的人生。彎彎的新月堅持挺立。培沃特的身影隱入後艙，回來時手上多了個三明治。我拿了一串葡萄吃。我並不怎麼餓。不覺得餓也不覺得渴，更沒有任何疲憊之意，我覺得自己可以就這樣一直飛，長達十年之久。月黯淡了。

班加西隱入濃濃的夜色中。班加西躺在極黑的深處，深得完全看不見任何光暈。飛得比較靠近這座城時，我瞥見了它所在的位置。於是，我開始尋找降落點。此時紅色的信號燈亮起。燈光圈出大片黑黑的長方形地域。我轉彎。一盞大燈朝天照射，光束筆直上衝，就像是熊熊大火裡往上竄升的火焰，迴旋著在地面畫出一條金色大道。我再次轉彎，仔細地觀察四周的障礙物。這個中途停靠站的夜間設備令人激賞。我開始減速，往下，像是要潛入墨黑色的水底。

飛機落地時已是當地時間晚上十一點。我開車前往打燈的地方。全世界最彬彬有禮的軍官與士兵從探照燈外的暗色裡走出來，他們一個接一個地從刺目的探照燈底下通過，身影輪番從明亮轉成黑暗。有人接過我的文件，同時動手給飛機加油。表訂這一站將停留二十分鐘。

「掉個頭回來，從我們的上空飛過，不然我們無法確定飛機是否順利起飛了。」

上路了。

我順著這條金色大道滑行，衝向毫無藩籬的空無。我飛的這款「西蒙」[46]型機，早在跑完所有可用的空地之前，便帶著超載的重負升空了。探照燈的光束緊跟著我，妨害我操作飛機掉頭。終於，光束不再緊緊追著我跑了，他們大概猜到了光線會讓我眼睛眩光。我立即迴轉掉頭，此時聚光燈光束再度映上我的臉，幸好只有那麼一瞬間，光束一碰上我立即離開，細長的金光倏忽轉向別處。這樣的細心謹慎，讓我感受到一種無上的禮遇。我再度掉頭，奔向沙漠。

巴黎、突尼斯與班加西的氣象預報，全都顯示這裡會吹時速達三十到四十公里的順向風。因此，我預計我的飛行時速將可達三百公里。我把飛行的路線設定在亞歷山大港與開羅兩城中間的直線地帶，免得飛進海岸禁區，雖然說我很可能會在不自知的情況下偏離路線，但我會盡量以這兩座城的街市燈火為指標，雖然有時候它們一會兒出現在我的右邊，一會兒又變成左邊，再不然就得抓範圍更大一些的尼羅河河岸燈火。如果風向跟風速都沒有變的話，飛行時間大約需要三小時二十分鐘。如果風速減弱，時間將拉長到三小時四十五分鐘。就這樣，我開始消化這一千五百公里的沙漠。

沒有月。瀝青似的墨黑向外無限擴散，籠上天外繁星。看不見任何燈

46 Simoun：是在一九三〇年代常見的法國製四人座單翼飛機。

火，等於手邊沒有任何東西可以指引方向。加上機上沒有無線電，看來在我飛到尼羅河之前，是見不到任何人煙了。於是除了羅盤與導航系統之外，我不再花心思觀察其他東西。除了緩慢的呼吸週期、灰暗的儀器刻度盤、狹窄的鐳線之外，我不再關心其他。培沃特離開位置的時候，我正慢慢地調整偏移的中心點。我把高度提升到兩千，那裡的風，有人說，比較利於飛行。每隔一段相當長的時間，我會點亮燈，查看有關引擎的指針刻度，不是每個刻度盤都是亮的。不過，大部分的時間，我都安分地待在黑暗中，與圍繞在我身旁的細小光點為伴，它們跟天上的星星一樣，散發著礦石系冷光，用著同樣永不熄滅的神祕光芒，說著同樣的話語。我跟天文學家一樣讀著同一本關於天體力學的書。我覺得自己好用功，好純淨。外面的世界是一片黑暗。培沃特在與瞌睡蟲奮戰許久後，終於不敵睡著了。我反而更能品味這份孤獨。引擎低聲轟隆，我的正前方，儀表板的上頭，是滿天安靜的星星。

然而，我在思索。我們沒有無線電，連月光都隱去了。在我們的前額能貼上尼羅河的萬家燈火之前，我們和這個世界算是斷了所有的聯繫，一丁點都沒有。我們身在萬物之外，靠著引擎懸在這裡，在這片墨色之中熬著。我們飛越童話故事裡的大山谷，冒險故事裡的驚險試煉。這裡，找不到任何救援。這裡，任何失誤都沒有獲得寬恕的機會。我們的命運完全交到了上帝的手上。

一道光線從標準電壓連接頭那裡透出來。我喚醒培沃特，叫他弄掉那道光。黑暗中的培沃特像隻大熊似的，挪了挪身子，起身抖了兩下，然後移動。他拿了，我不知道什麼，大概是手巾與黑色紙張吧，弄了弄。那道光消失了。它是這個世界的裂口。跟遙遠蒼白的鐳光性質完全不同。那是夜店常見的炫光，不是星星散發的柔光。特別是它可能害我眼花，因而錯過了別種燈光。

三個小時的飛行後，我的右手邊出現了一道看似相當耀眼的光。我定睛仔細一看。機翼尾燈後頭拖著一條長長的光痕，在此之前，我一直沒看見它。這光時明時滅，有時強，有時又隱而不見，原來我鑽進了一片雲裡了。雲層反射了飛機的燈光。現下，我們已經相當接近地面出現指引標誌物的地方，我好希望這時候萬里無雲。

在這圈光暈下，機翼清晰可見。這道光就這樣停滯不走了，還往外擴散，恍如一大束玫瑰花束。明顯的搖晃讓我暫失重心。天知道我是在有多厚的積雲層強風中飛行。我將高度拔升到兩千五百，仍然無法衝出雲層。我回降到兩千公尺的高度。那束花始終在那裡，紋風不動，而且愈來愈鮮豔奪目。好。沒事。算了。我來想想別的辦法。先飛出雲層，再看著辦吧。我只是不喜歡這種簡陋客棧的光罷了。

我在心裡盤算著：「這裡稍微搖晃了些，這是正常的，這一路來，就算晴朗無雲，飛行高度正確，搖晃也從沒少過。風不見稍停，我的行進時速應該有超過三百公里。反正，現在什麼都沒辦法確定，等飛出雲層之後，再試著找出方位。一定會有辦法的。」但那束花卻瞬間失去了蹤影。正是它的消失讓我知道有事要發生了。我望向前方，極目遠眺，與其說什麼都沒看到，前方隱約有一條狹窄的天空之谷，跟一堵厚厚的雲牆。那束花重展嬌豔。

若不把握住這幾秒鐘，就飛不出這團膠水了。飛了三個半小時後，這些黏稠雲層開始讓我擔心起來，因為如果一切皆如我所預料，此時我應該已經很接近尼羅河了。運氣好的話，在穿越這些狹長的雲縫通道時，或許能看到它，但這些雲縫真的不多。我不敢再往下降，萬一飛行的速度比我想像的慢，飛機可能還在那些高地的上空。

我還不覺得有什麼需要特別擔心的，只是怕延誤了時間。我從容地設下最終的飛行時限，四小時十五分鐘。超過這個時限，就算在完全無風的天候下，飛機一定通過尼羅河上空了，但是完全無風是不可能的。

我飛到雲層邊緣，那束花拋出愈來愈多、愈來愈急的明滅光點，而後瞬間全部熄滅。我不喜歡這類彷彿在跟夜魔打交道的加密訊號。

一顆綠色的星星在我的前方出現，如燈塔般閃耀。那是星星還是燈光？

我也不喜歡這類超自然的神奇光芒，宛若引領東方三王朝聖的星辰，是危險的邀請。

培沃特醒了，開燈照亮了引擎刻度盤。我將他與他的燈一起推開。我才剛鑽進兩團雲中間的裂口，正打算趁這個機會，看看下面有什麼。培沃特又睡著了。

其實，下面什麼都看不到。

飛行時間四小時又五分鐘。培沃特走過來，在我身旁坐下：

「我們應該到開羅的上空了……」

「我想也是……」

「那是星星嗎，那個，還是燈？」

我讓引擎轉速稍微變慢了一點，大概因為這樣把培沃特弄醒了。他對飛機飛行時，任何一點細微的噪音變化都非常敏感。我開始緩緩下降，想滑到雲團的下方。

我剛才查了一下地圖。無論如何，我應該已進入安全的海岸區了。我持續下降，同時轉彎朝正北方飛。如此一來，我應該就能從窗戶看到城市的燈光。我先前一定錯過了，那麼，現在它們應該會在我的左手邊。但我的旁邊另有一片雲跟著，就在我的左手邊，而且它的高度比我的飛機還低。我再次轉向，希望能擺脫它的魔爪，轉而朝北北東前進。

毫無疑問地，這片雲一路往下延伸得更低，它擋住了所有的天際線。我不敢再降低飛機高度。高度表顯示飛機標高只有四百，更何況我不知道這裡的壓力值是多少。培沃特探過身來，我對著他喊：「我打算直飛到海上，然後降落海面，免得撞擊……」

更何況，我很可能早就已經偏離航線飛到海上了。我無法透視這片雲層底下的墨色。我整個人貼上窗戶，試圖看出底下的動靜，努力地想找出半點燈火、一點徵兆。我在灰燼中翻找，拚了命地想在火爐底下翻出生命星火。

「海上燈塔！」

我們兩人同時看見了這個時隱時現的陷阱！太瘋狂了！那座幽靈燈塔去了哪裡，是這個黑夜虛構出來的物事？就在同一秒鐘，我跟培沃特都彎下了身子，拚命地想把它再找出來，從機翼底下三百公尺的地方，突然……

「啊！」

我覺得我只說了這個字。我覺得我只感到一陣巨大的爆裂，天搖地動，我們的世界崩解了。我們以每小時兩百七十公里的速度撞擊地面。

撞擊後那百分之一秒的瞬間，我覺得自己只是無動於衷地等著，等著看爆炸後產生的巨大暗紫色星團散開，將我們兩人吸納融合。我跟培沃特兩人，完全沒有感受到任何的情緒激盪。我只是一心一意地等著，極其強烈地等待著那團燦爛的星雲，那個理應在同一秒鐘，轟得我們昏過去的星雲。但，始終不見那團暗紫色星雲現蹤。只有類似地震的搖晃，拍打機艙，扯裂窗戶，白鐵製的機殼也被拋到百公尺之外。我們全身上下，五臟內腑，都是它的轟鳴。飛機像一把從遠處擲來的飛刀，插進了堅硬的木頭裡，刃尖不斷地晃動。我們陷入憤怒的火海之中。一秒、兩秒……飛機依舊搖晃不止，我焦急萬分地等著油箱像手榴彈一樣的引爆。只是，搖晃雖然持續，最終的噴出爆炸卻遲遲沒有出現。這樣的結果，完全讓人猜不透。我想不明白這搖晃、這怒火、這無窮盡的延遲……五秒、六秒……突然之間，我們感到整個人轉了一圈，一股衝擊力道將我們的香菸拋出窗外，散落右邊機翼上，然後一切歸於平靜。彷彿結冰似的靜止。我對著培沃特大喊：

「快跳機！」

他也在同一時間大叫：

「失火了！」

此時，我們已經從破掉的窗子爬出來了。站在離飛機二十公尺外的地方。

我對培沃特說：

「沒受傷吧？」

他回答：

「沒受傷！」

但他不停地搓揉著膝蓋。

我對他說：

「全身檢查一下，動一動，確認你沒有受傷……」

他對我說：

「沒事，那是因為緊急備用幫浦……」

我呢，我仍然覺得他隨時可能會倒下，然後看見一道撕裂傷一路從他的腦袋延伸到肚臍眼。他怔怔地重複了一遍：

「是緊急備用幫浦的關係！……」

我呢，我以為他神智不清了，很可能馬上就要手舞足蹈起來……

他的目光終於從確定逃過火劫的飛機身上移開，望向我，又再說了一遍：

「我沒事，是緊急備用幫浦絆住了我的膝蓋。」

III

我們不知道自己是怎麼逃過死劫的。我拿著手電筒巡察飛機在地面留下的痕跡。離飛機的最後停止點兩百五十公尺以外的地方，還可看到扭曲變形的白鐵機殼。擦撞的路徑上，到處是噴飛的沙土。天亮後，我們才知道飛機幾乎是直直地切入這片荒涼高原的緩坡，在撞擊地點的沙堆上留下了一個大洞，就像是犁鏵翻土後的土坑。

飛機，並沒有上下翻轉，它機腹著地，一路如蛇尾搖擺，以時速兩百七十公里的高速橫衝直撞。我們能逃過一劫，多半得拜這裡的黑色圓石之賜，它們能在沙地上自由滾動，如同一片天然的滾動圓珠盤。

培沃特拔掉所有蓄電池的電源，免得電線走火引發火災。我靠著引擎，思忖著：四小時十五分鐘的飛行，風速應該有達到每小時五十公里，我確實感覺到了搖晃。但，就算氣象預報真的失準，我也不知道風是往哪個方向吹。這樣推估下來，我應該是落在邊長四百平方公里的一個正方形區塊內。

培沃特走過來在我身旁坐下，他對我說：「能活著真是太不可思議了……」

我沒有回答，我沒有任何喜悅之情。腦海裡有一個小小的想法正在成形，而且已經微微地困擾著我了。

我請培沃特打開他的手電筒，當作中心標的，然後拿起自己的手電筒，筆直地往前走。我仔細地觀察腳下土地。我走得很慢，走出一個大大的半圓，再換幾個方向，如法炮製。我在地上查找，宛如在找尋丟失的戒指。我剛才就是如此這般的在尋找生命的星火。我持續地在黑夜中前進，彎身細看腳下緩步踩踏的白色圓形高原平臺。果然……果然是這樣……我慢慢地爬上飛機。在機艙旁邊坐下，靜靜地思索。我在找尋一個給自己希望的理由，卻一無所獲。我在找尋一線生機，但生命卻吝於給予。

「培沃特，我看不到半點草木……」

培沃特沒有說話，我不知道他是否聽懂了我的意思。那就等夜幕退去，天光大亮的時候，再說吧。我渾身上下只覺得疲軟無力，心想：「將近四百公里之外，沙漠中！……」我瞬間跳了起來：

「水！」

油箱、機油箱都破了。儲水桶也一樣。全都給沙子喝光了。一只裂成碎片的保溫壺，壺底剩下半公升的咖啡，另一只的壺底則只有四分之一公升的白酒。我們將這些液體過濾，然後混裝在一起。另外還找到了一點葡萄和一顆柳橙。總之，我在心裡盤算了一下：「在大太陽底下，在沙漠裡走上五小時，這些就全消耗光了⋯⋯」

我們躲進機艙等天亮。我躺下來想睡一會兒。睡著之前，我回顧了這場驚險的旅程，得出結論：我們無法確知目前所在的位置。而手邊的液體連一公升都不到。如果我們的位置沒有偏離航線太遠，大概八天他們就能找到我們，目前的情況不允許我們更樂觀，否則到時就太遲了。如果我們大幅偏離了航線，他們可能要花上半年才能找到我們。不能指望搜救飛機，它們遠在三千公里之上的高空。

「啊！太可惜了⋯⋯」培沃特對我說。

「為什麼？」

「如果能當場結束一切，就一了百了了！⋯⋯」

千萬不要這麼快就認輸。我跟培沃特馬上重新打起精神。絕不能放棄空搜奇蹟似救援的任何可能性，就算可能性再低也不能放棄。另外，絕不能留在原地不動，附近很可能就有綠洲。今天白天我打算走上一整天。入夜前回到飛機這裡。在出發之前，還得把我們的計畫以大寫字母寫在沙地上。

思考完畢，我蜷起身子打算一覺到天明。能夠睡著，感覺非常幸福。疲憊倦意以多種形象現身，將我團團圍住。沙漠裡，我不是一個人，半夢半醒之間，四周充斥著各種聲音、回憶與喃喃訴說的心底話。我還不覺得渴，整個人感覺不錯。我進入了夢鄉，就像走進一場冒險之旅。在夢境的前面，現實漸落下風……

啊！天亮之後，一切將截然不同！

IV

我非常喜歡撒哈拉沙漠。我在異教徒反叛區度過了無數個夜晚。醒來時，滿眼無垠金黃大地，風捲沙丘，一如風在海面捲起千般浪。如今，我在躺在機翼底下睡覺，等待救援，情況完全不可同日而語。

我們踏上弧狀丘陵緩坡。腳下的沙地覆蓋了一層亮晶晶的黑色石頭，看起來就像是金屬鱗片，四周的圓頂山丘則像盔甲似的閃閃發光。我們進入了一個礦石系的世界，被禁錮在鋼鐵一般的景色中。

翻過第一道丘頂，稍遠又見另一道類似的頂峰，黑得發亮。我們前進時，兩隻腳順便擦刮著地面，弄出一條指引線，方便之後循線回頭。我們面朝烈日前行。朝正東方走的這個決定，其實一點都不合邏輯，因為一切的一切都讓我深信我已經飛越了尼羅河：氣象預測、飛行時間。但我稍早往西走了一小段路，內心卻感到極端不安，完全無法解釋的不安，於是我將西邊排至明天再探。我暫時先排除了北方，雖然往北邊走可直達海邊。三天之後，我們陷入半迷幻的狀態，卻仍毅然決然地決定拋下飛機，一路往前，直到倒地為止，我們依然堅持往東。精確地說，是往東北東方向。這個決定沒有任何道理可言，甚至可說是沒有任何希望的決定。直到獲救之後，我們才發現，無論朝哪一個方向走，我們都回不去，因為往北走，我們會累垮，我們不可能走到海邊。至今想起來我都覺得非常荒謬，但在手邊缺乏任何足以做出決定的指標，我卻堅持往這個方向走的原因，竟單純地只是因為我的朋友吉奧梅在安地斯山失事，我們拚了命地搜索他的蹤跡時，他就是循著這個方向一直前進，最後保住了性命。於是這個方向，對我來說，隱約成為活命的方向。

徒步走了五個小時之後，周邊的景色變了。變得似乎像是有一條沙河流經沙谷，我們則像是沿著谷底河岸走。我們邁著大步前行，萬一我們什麼都沒發現，就得在夜色降臨之前趕回去，所以在此之前，必須盡可能地走得愈遠愈好。我突然停下腳步。

「培沃特。」

「什麼事？」

「痕跡……」

我們是從什麼時候開始忘了在走過的路面留下痕跡的？如果找不到來時的路，我們就只有死路一條了。

我們隨即掉轉頭，朝略微偏右的方向回去。等我們走得夠遠了，再九十度垂直大轉向回到原先來時的方向，這樣應該就能找到我們來時的足跡，當我們還記得要劃下記號時留下的足跡。

重新接到回去的路線了，我們再次出發。氣溫上升，隨著高溫而來的是海市蜃樓。不過都還只是些基本的幻象。大片的湖泊，一靠近就不見了。我們決定橫渡這條沙谷，爬到最高的丘頂遠眺地平線。此時，我們已經走了六個小時了。這麼大步地走，我們應該已經走了三十五公里遠。我們爬上這片黑色小山丘的頂點，在那裡安靜地坐著。我們的那條沙谷，在我們腳下，通往一片不見任何岩石的荒漠，那裡反射過來的白光刺痛了我們的眼睛。極目所見，盡是無窮無盡的荒蕪。然而，遙遠的地平線上，光線正玩著它的把戲，譜構出來的幻象看得讓人心猿意馬。小碉堡和清真寺尖塔，帶著垂直線條的幾何形狀物體。我還看到了一大片會讓人馬上聯想到植被的大塊黑色痕跡，那塊痕跡懸空吊掛，卻一直跟在雲層尾巴後頭的一片雲之下。那雲層在陽光底下逐漸消散，但到了夜裡又重新聚合。那塊黑色痕跡只是雲的影子罷了。

再往前走也沒什麼意義了，這次的嘗試沒有任何結果。得回到飛機那裡，同事們可能會從空中發現這架紅白雙色的定位標誌。儘管我對空中搜索不抱希望，那卻是我們唯一的冀盼。更重要的是，我們的最後幾滴液體都留在那裡，我們已經必須要喝水了。想活命，就一定要回去。我們被一副乾渴打造的鐵枷縛住，只有短暫的自主權。

只是，當我們走的或許正是一條生路時，要逼自己回頭真的非常困難！出現海市蜃樓的那一邊的地平面上，或許就座落著真正的城鎮、淡水河渠與草原。明明知道掉頭往回走是對的，然而，當我鐵下心轉頭時，心卻像是在往下沉。

我們回到飛機旁邊過夜。這一天，我們來回走了超過六十公里，喝光了所有的液體。

往東，我們一無所獲，且這裡的上空也遲遲未見飛機的蹤影。我們還能堅持多久？好渴啊……

我們把斷成數截的機翼堆成一堆。準備好燃油以及含鎂的機殼，只要點燃就能放出白色炫光。我們等到四周黑得伸手不見五指時，點燃火堆……可是人呢，他們人在哪裡？

現在，火焰直往上竄。我們如信徒般虔誠地，看著我們點的信號火堆在沙漠裡熊熊燃燒，盯著我們在黑夜裡燃亮的求救信息無聲地大放光芒。我心裡想，如果說它傳遞的是求救無門的呼喊，同時也在傳遞大量的愛。我們需要水喝，我們也需要交流。願這漆黑的夜裡能出現另一片火光，只有人懂得生火，願他們能回應我們！

眼前浮現了妻子的眼睛。我只看得見這雙眼睛，其他什麼都看不見。這雙眼睛充滿了疑問。眼前浮現了，或許吧，所有關心我的人的眼睛。這些眼睛都在質問我。每道目光都在責備我的安靜無作為。我要答辯！我要答辯！我用盡了一切的力氣來回答他們，我已經竭盡所能，在這片夜裡，點燃了我所能辦得到的，最耀眼燦爛的一片火光了。

我盡了一切的力量。我們已經嘗試了所有能做的——不喝半滴水地走了六十公里。現在，我們用不著再喝水了。我們撐不下去了，這也是我們的錯嗎？我們安靜溫馴地待在這裡，伸手摸索水壺。然而，當我們吸乾錫製水杯底部殘留的最後幾滴水的那一刻，一座時鐘開始動了。我舔完杯底的水漬，開始走下斜坡。若時間真想像河流一樣的帶我走，我又能怎麼樣呢？培沃特哭了。我伸手拍拍他的肩膀，安慰他說：

「如果真的完了，這也是無可奈何的事。」

他回答道：

「你以為我是為了我自己哭嗎……」嗯！當然，這是如此顯而易見的事。沒有什麼不可以的。明天，還有後天，我將會發現，確實，真的沒有什麼是不可以的。至於是被痛苦折磨至死，我則半信半疑。我曾經想過這種事。我曾想過哪一天，我可能因為被困在機艙裡逃不出去而淹死，但那應該不會很痛苦吧。偶爾，我也會想，我可能會出意外身受重傷，但總體來說，我並沒有認真地把這些想法當成一回事。就算在此時此刻，我也沒有感到半點恐慌焦慮。明天，我可能會有更怪異的體會。儘管我燃起了熊熊大火，但天知道我是否已經放棄讓世人聽見我了！……

「你以為我是為了我自己哭嗎……」是的，是的，這沒什麼不可以的。每次那一雙雙充滿企盼的眼眸浮現眼前，我的心就像是被烈焰炙燒了一樣。霎時有一股衝動，想一躍而起，向前狂奔。在那裡大聲呼救，我們遭遇空難了！

奇異的角色翻轉，但我一直認為他是這樣的人。儘管如此，我需要培沃特，他讓我覺得安心。是啊，培沃特再也不會感受到死亡當前的那種焦慮，大夥對你說了又說的那種焦慮。那是他無法承受的，我也無法承受。

啊！我很樂於陷入沉睡，不管是夜裡睡覺，還是要沉睡數百年。反正睡著了，也分不清兩者之間有何不同了。而且，睡著後感覺多麼平靜啊！不管是衝到那邊大吼大叫，還是在絕望之下點燃熊熊火焰……我都已經無法承受這樣的畫面了。在將死之際，我無法雙手交疊於胸，淡然以對。每一秒的靜默都像是在一點一點地扼殺我深愛的人。一股巨大的怒意緩緩萌芽：為什麼會有這些鍊條將我綑綁，使我無法及時趕去解救那些正往下沉的人？為什麼我們的火焰遲遲無法將我們的呼喊送到世界的盡頭？要有耐心！我們做得到的！我們做得到的！……我們可是救人的人！

鎂已燃燒殆盡，火焰變紅。這裡僅剩一堆篝火，讓我們取暖罷了。我們發出的巨大閃光信號消失了。它觸動了這個世界的什麼東西呢？嗯！我清楚地知道，它什麼都沒有觸動。就像是沒有人聽見的祈禱。

好了。我該睡了。

V

天濛濛亮，我們拿抹布擦拭機翼，擰出混雜了油漆與機油的混濁液體，取得的量僅僅蓋過高腳杯的底部。看著很噁心，我們還是喝下了肚。既然沒有更好的選擇，至少它還能潤潤脣。這頓大餐之後，培沃特對我說：

「幸好有帶手槍。」

我突然覺得混身充滿了侵略性，我轉身惡狠狠地瞪著他。在這樣的時刻，我最痛恨的就是情感來攪局。我極需要將一切都單純化。出生很單純。長大很單純。渴死也很單純。

我用眼角餘光觀察培沃特的一舉一動，準備在必要的時候給他痛擊，讓他閉嘴。但培沃特神情自若地說著話，好像是在說衛生方面的問題，因為他正跟我說：「我們得洗洗手。」我們之間有了共識。昨天我瞥見手槍皮套時，就想過了。我的想法非常合理，而且不帶情感。只有社交，才要考慮情感。既然我們無力讓依賴我們的人感到安心，手槍更不能。

一直沒有人來找我們，更精準的說法應該是，他們多半針對了別的地方進行搜索。很可能是阿拉伯那一帶。何況，明天，我們就要拋下我們的飛機了，在此之前，我們不會聽到任何飛機的聲響。唯一的出路，遠在天邊，就這麼對我們不理不睬。我們這兩個小小黑點很快地會跟沙漠裡成千上萬的黑點交雜，我們沒有辦法安慰自己說，很快就會有人發現我們。任何有關我可能會被痛苦折磨至死的念頭，全都是不正確的。我不會被痛苦折磨至死的。只是我覺得救難人員似乎都在另一個宇宙的上空梭巡。

想在沙漠裡找到一架遠在三千公里之外，且毫無音訊的飛機，需要兩個禮拜的時間搜索。只是，他們很可能一直在的黎波里塔尼亞與波斯之間來回巡查。話雖如此，直到今日，我始終堅持懷抱著一絲希望，因為除此之外，我什麼都沒有了。而且，我改變了策略，決定自己一個人出發探路。讓培沃特留守，若真有人來，立即點火。只是一直沒有人來。

我就這樣獨自出發了，甚至不知道自己有沒有足夠的體力走得回來。我想起一件關於利比亞沙漠的事。撒哈拉沙漠的濕度長期以來一直保持在百分之四十，這裡卻只有百分之十八。生命在此會如同蒸氣一樣的蒸發消散。貝都因人、旅人、殖民地的公務員都告誡過我們，人要是在這裡沒水喝，僅能堅持十九個小時。二十個小時之後，將眼冒金星，生命的盡頭開始倒數：沒水喝趕路是猝死殺手。

這背離了所有氣象預測的東北風，這欺騙了大家的反常風向，將我們囚禁在這片高地之上，如今看來，囚禁期只會延長。只是，在兩眼開始冒出金星之前，我們還有多少時間？

我就這樣出發了，感覺像是划著獨木舟下海。儘管如此，多虧了晨間朝陽，身周景緻不至於太過悲涼。一開始我兩手放在口袋裡，活像個要偷農作物的小賊。昨天傍晚，我們在幾個神祕的土洞洞口設置了捕蟲的活結陷阱。蟄伏心底的那個盜獵者醒來了。我先去查看了陷阱：都是空的。

所以，我沒喝到半滴血。說真的，我其實並沒有存多大的希望。我不怎麼失望，但相反地，卻有些狐疑。沙漠裡的動物要靠什麼活下去啊？這裡的動物多半是「大耳狐」，又稱沙漠小狐，是一種胖乎乎的小型肉食動物，有著大大的耳朵。我抗拒不了求知的欲望，於是跟著一隻狐狸留下的足跡追下去。這些足跡帶著我來到一條小小的沙河河床，在那裡，狐狸的足跡清晰可見。我欣賞著那如摺扇般展開的美麗三指小腳印，想像著我的朋友，在破曉時分，躡手躡腳地點足緩行，舔著岩石上的露水。這裡，足印間的距離拉長了：我的大耳狐邁開大腿跑了。這裡，有位同伴前來，與牠並肩輕快同行。就這樣，這次的清晨漫步給我帶來一種奇異的喜悅。我喜歡這些充滿生命的痕跡，讓我稍稍忘卻了自己有多渴……

我終於找到了這些狐狸的糧倉。就在這裡，就在沙地上，每隔大約一百公尺，就有一叢約莫大湯碗大小的枯黃灌木，灌木莖上爬著小小的金黃色蝸牛。大耳狐天一破曉便來到這裡覓食。而我，就這樣撞見了一個自然界的大祕密。

我的大耳狐並不會在每一叢灌木前停下腳步。因此，有些上面還爬滿了牠不屑取用的蝸牛。很明顯地，牠會很小心謹慎地先環繞一周，然後才上前。牠不會胡亂嚼食。牠會從灌木上咬食兩三隻鍋牛，然後換另一家餐廳。

牠是故意不一口氣填飽肚子，想慢慢地享受這份晨間優游的樂趣嗎？我想不是。牠這種做法完全出於一種絕對必要的策略。如果這隻大耳狐把第一叢灌木上的糧食全都大口吃下肚，只要兩三頓，牠就會吃光這叢灌木育養出來的所有生物。如此一來，牠等於是在一叢一叢地，逐一滅絕了灌木豢養的生物。所以，大耳狐很小心地不去破壞大自然的繁殖再生。牠的一頓不僅是分別從上百撮棕黃枯枝上去取得，而且絕對不會動在同一根枝葉上靠在一起的兩隻蝸牛。這一切的作為，看上去在在顯示牠很有危機意識。倘若牠毫不在意地狼吞虎嚥，很快地就再也看不到蝸牛的蹤影了。如果蝸牛沒了，大耳狐也就沒了。

地上的腳印帶著我一路來到狐狸的洞穴。大耳狐就在那裡，牠大概聽見我的腳步聲了，有些警覺驚慌。我對牠說：「小狐狸，我沒希望了，可是很奇怪，我還是很想知道你的心情……」

我待在那裡，滿腦子胡思亂想，我覺得我們適應接受了一切。想到牠可能還能再活上三十年，這個想法居然沒有壞了人的喜悅之情。三十年，三天，端看你怎麼想。

然而，某些畫面，必須忘掉……

現在，我繼續自己的路程，極度的疲憊已經讓我的心產生了變化。海市蜃樓，就算還看不見蹤影，我也開始想像它們的模樣了……

「喔喂！」

我高舉雙手呼喊，但那個比手畫腳的人原來只是塊黑色岩石。沙漠裡的每一樣東西彷彿都活過來了。我想喚醒那個酣睡的貝都因人，他卻霎時變成了一截黑色樹幹。樹幹？有樹幹，我大吃一驚，接著低身湊前。我想抓起一根斷裂的樹枝：竟是大理石的材質！我站直身子，環顧四周：此時我才看到身邊有許多黑色的大理石。這是一座古老陰沉的石林，斷裂的細枝散落一地。這座林子就像遭到了創世紀的颶風摧殘，歷經千萬年滄桑，頹然傾圮的大教堂。光滑如鐵的巨大樹幹，歷經了數百年歲月，逐漸石化、玻璃化，顏色如墨地落在我的面前。隱約還能看出樹幹疙瘩的痕跡，看見生命的擰扭樣態，我細數樹幹上的疙瘩。原本鳥語嘰啾，鳴囀裊繞的樹林，驚逢厄運，化成鹽岩。我感覺得到這片土地並不友善。它比那些宛如鐵甲頭盔的山丘群更陰暗，這一地的厲色殘骸並不歡迎我。我，一個活生生的人，在這些不會腐朽的大理石塊中間，我在這裡做什麼？我，軀殼會腐敗分解的我，在這個不朽之境要做什麼？

昨天到今天，我已經走了將近八十公里。會出現這樣的幻象，大概是因為口渴至極的緣故吧。不然就是太陽，陽光打在這些看似油滑冰冷的化石樹幹上，亮晃晃的。陽光照亮這片包羅萬象的地殼。這裡已經看不到沙子，也看不到狐狸。這裡只是一塊巨大的鐵砧。而我走在這塊鐵砧上。我覺得陽光在我的腦殼裡嗡嗡作響。啊！那邊……

「喔喂！喔喂！

「那邊什麼都沒有，你不要激動，只是幻覺。」

我這樣對自己說，因為我需要恢復理智。我很難拒絕我見到的景象。我很難不朝著那隊行進中的駱駝隊奔去……就在那裡……你看！

「混蛋，你明明知道那是你幻想出來的……

「全部都不是真的……」

全部都不是真的，除了二十公里外，那座山丘上的十字架。是十字架，還是燈塔……

那邊不是海的方向。所以，應該是十字架。我整個晚上都在研究地圖。一整夜的功夫到頭來一點用都沒有，否則我應該已經弄清楚我們身在何處了。但我仍不放過地圖上任何一個顯示附近可能有人煙的標誌。地圖上的某個地方，我看到了一個小圓圈，上面畫了一個類似的十字符號。我把它跟某個傳奇故事聯想在一起，於是我認定這是個「宗教性建築」。十字的旁邊，有一個黑點。我同樣把這個點跟傳奇故事串連在一塊，於是我認定這裡是長年不乾的「永久井」。我的心彷彿遭到了重擊，接著大聲複誦：

「永久井……永久井……永久井！」跟發現永久井相較，阿里巴巴的寶藏又算得了什麼？稍遠一點的地方，我注意到有兩個白色圓圈。我又往傳奇故事裡找靈感：「是臨時井。」這差了一些。再往外，就再也找不出什麼了。什麼都沒有了。

這裡就是我要找的宗教性建築！僧侶們在山丘上豎立起一根大十字架，向遇難的人招手！我只要走到那裡就行了。我只要跑到那些道明會的弟兄身邊就行了……

「可是，利比亞只有科普特教派的修道院[47]

「……跑到勤奮的道明會弟兄那裡。他們有美輪美奐的涼爽廚房，裡頭鋪著紅色地磚。院子裡，還有一座生鏽了的漂亮汲水幫浦。這座幫浦底下，你們應該猜著了……這座生鏽的幫浦底下，就是永久井！啊！等我敲門，等我敲響大鐘，那裡將會是一陣歡欣熱鬧……

「笨蛋，你描繪的是普羅旺斯地方的房子吧，更何況那裡根本沒有大鐘……

「……等我敲響大鐘！門房將高舉雙臂，對著我喊：『您是天主派來的使者！』他將召喚所有的僧侶。僧侶們蜂湧前來。他們會把我當成可憐的孩子，安慰我，鼓舞我。然後簇擁地將我帶到廚房。他們會對我說：『等一下，一下下就好，我的孩子……我們會一路跑到永久井邊上……』

「而我，我會興奮得全身發抖……」

不，我不要哭，我不要單單因為山丘上的十字架不見了就哭。

西方的希望落空。我轉而往北。

---

47 coptes：原意為埃及的基督徒。基督教成為羅馬帝國的國教後，不少古埃及人也開始信仰基督，現在他們是埃及最大的基督教派，也是蘇丹和利比亞最大的基督教社區。

北方，至少充滿了大海的歌吟。

啊！只要翻過這座山，就是一望無際的地平線。就是這世上最美麗的城。

「你明明知道這是幻象……」

我非常清楚這是幻象。沒有人可以騙得了我！只是，如果是我心甘情願地想要一頭栽進幻象裡呢？如果是我心甘情願地這麼希望著呢？如果是我心甘情願地愛上了這座城牆上有著城垛，地面染上一層金光的城呢？如果是我心甘情願地，踏著輕快的步伐，筆直地往前走呢？我已經不再感到疲憊，我覺得我好快樂……培沃特跟他的槍，我才不甩他們！我喜歡這醺醺然的感覺。我醉了。我要渴死了！

落日的餘暉讓我清醒。我旋即停下腳步，驚恐萬分地發覺我已經走了好遠。幻象隨著暮光散去。地平面脫下了汲水幫浦、宮殿與僧侶的服飾。就是一片光禿禿的荒漠。

「你走得太遠了！黑夜會將你吞噬，你得等到天亮，但到了明天，你劃下的足跡將不復存在，你將宛如人間蒸發。

「既然如此，不如乾脆再往前走……現在掉頭有什麼用？我再也不想換方向，眼看著我即將能夠敞開……敞開雙臂擁抱大海了……

「你哪裡看到海了？你根本走不到那裡。大海跟你隔著三百多公里遠。而且培沃特還守在飛機旁！說不定，有駱駝隊經過，發現了他……」

對，我得回去，但我要先呼喊看看附近是否有人：

「喔喂！」

老天！這個星球上住著人吧……「喔喂！有沒有人！……」

我喊破了喉嚨，叫啞了嗓子。覺得自己好丟臉，這樣的大叫……但我還是再喊了一次：

「有沒有人！」

這聲喊叫，語氣誇張又自負。

然後掉頭往回走。

步行了兩個小時之後，我終於望見培沃特生的火。他以為我迷路了，正擔心得要命吧，看見我，他肯定會興奮地跳得老高。啊！……這些我完全不在意……

還有一小時的路程……還有五百公尺。還剩一百公尺。五十公尺。

「啊！」

我震驚地停下腳步，強壓下胸中的暴戾之火，任由喜悅溢滿我的心。培沃特在火光的照耀下，正與兩名背靠著引擎的阿拉伯人說話。他只顧說得高興，還沒看到我。啊！如果我跟他一樣，在這裡留守就好了……我老早就解脫了！我欣喜地高呼：

「喔喂！」

那兩名貝都因人嚇了一跳，轉頭盯著我看。培沃特單獨朝我走過來。他走到我面前。我張開雙臂，培沃特上前抓住我的手肘，難道我就要倒下了嗎？我對他說：

「終於，好了。」

「什麼？」

「阿拉伯人啊！」

「什麼阿拉伯人？」

「那邊，跟你在一起的阿拉伯人啊！……」

培沃特奇怪地盯著我，我覺得他就要狠心地向我吐露一個重大的祕密：

「這裡沒有半個阿拉伯人……」

這一次，大概是我要哭了。

VI

我們待在這裡，已經十九個小時沒喝水了。昨天傍晚到現在，我們喝了什麼？幾滴清晨的露珠！這裡始終吹著東北風，稍微延緩了我們蒸發消散的時刻。這片天幕仍然比較有利於高空雲層的堆積。啊！如果雲層能飄到我們這裡，如果能下雨就好了！

然而，沙漠從不下雨。

「培沃特，我們把降落傘裁成三角形的布片，再用石塊把這些布片固定在沙地上。如果風向沒有變，到了早上，用力擰這些布，就能把露水蒐集到油箱裡了。」

我們把裁下來的六塊布，一一鋪在星光下。培沃特拆下一只油箱。現在只等天亮了。

培沃特在碎裂的機體殘骸裡，奇蹟似的找到了一顆柳橙。我們分了吃。我心情好激動，事實上，這點小東西根本微不足道，尤其在此刻，我們真正需要的是二十公升的水。

夜裡，我躺在劈啪作響的火堆旁，看著手中光亮的果子，心想：「人們不曉得柳橙的滋味……」我還想：「我們是沒救了，然而，雖然確信必死無疑，卻絲毫無損我現在的喜悅。我手上的這半顆柳橙，給我帶來了這一生中最快樂的一刻……」我仰躺著面向天空，一邊吸吮手上的果子，一邊數著天邊閃過的流星。這一分鐘，我躺在這裡，感到無比的幸福。我又對自己說：「我們生活的那個有秩序的世界，讓我們猜不透自己是否是被囚禁在裡面的囚犯。」一直到今日，我才明白行刑前的那根香菸與那杯蘭姆酒對死刑犯的意義，過去的我無法想像死刑犯能夠接受這樣悲慘的現實。但，他非常高興地享用了。他若笑了，我們會認為這個人很勇敢。其實，他只是因為有蘭姆酒喝而笑。我們不知道的是，在這最後的一刻，他根本地改變了對生命的看法。

我們搜集到相當大量的水：大概有兩公升。口渴的問題解決了！我們得救了，我們有水喝了！

我拿錫製水杯往儲水的油箱裡舀水，盛出來的水呈現漂亮的黃綠色，第一口剛入喉，那味道是如此地噁心恐怖，儘管我口渴難耐，但在吞下去之前，還是不得不張大了口深呼吸。雖然我吞得下泥水，但這股腐壞金屬的味道，徹底打敗了我對水的渴望。

我望著培沃特，他兩眼盯著地面，正在繞圈子，彷彿專心地找尋什麼東西。他突然俯身向前，吐了一地，但雙腳依舊沒有歇著，繼續繞著圈圈。三十秒後，換我了。我全身痙攣，痛得跪倒在地，手指插進沙裡。我們都沒說話，就這樣全身劇烈地顫抖，然而再怎麼吐也只是吐出一點膽汁而已。

痙攣結束了。我只隱約感到反胃。可是，我們的最後一絲希望也跟著幻滅了。我無法確定我們的失敗，是因為降落傘布面的塗料，或是油箱底層的四氯化碳沉澱物。我們得換別的容器，或是別的布片。

那麼，得趕快了！天亮了。上路！我們必須逃離這片天殺的高地，踏著大步，筆直向前走，直到倒地為止。我這是在套用吉奧梅逃出安地斯山的方法——從昨天起，我經常想到他。我違反了待在飛機殘骸附近等待救援的標準規範。不會有人來這裡找我們的。

又一次地，我們發覺我們不能算是事故遇難者。遇難的人，他們會等待救援！我們的悄然無作為會害他們沒命。他們已經遭逢了一次可怕錯誤的摧殘了。所以我們不能不盡快地趕到他們身邊。吉奧梅也一樣，他從安地斯山回來時，跟我說過，他還是一樣會趕去援救遇難的人！這是普世的真理。

「如果世上只有我一個人，」培沃特說：「我會沉沉睡去。」我們朝著東北東方向前進。如果我們真的已經飛越了尼羅河，那麼我們邁出去的每一步，都將帶著我們更深入阿拉伯沙漠的深處。

那一天的事，我完全記不起來了。我只記得我滿心的急切。急著隨便發生什麼都好，急著摔倒。我還記得我是低著頭，看著地面走的，我已經受不了海市蜃樓了。偶爾，我們會跟著羅盤指針，修正我們的方向。偶爾也會大字形地躺下，讓自己喘口氣。連我特意留下，想在夜裡用的防水雨衣，也不知扔到哪兒去了。除此之外，我什麼都不記得了。我的記憶力只在清涼的傍晚時分開啟作用。我變得跟沙子一樣，所有的一切，都沒了痕跡。

我們決定太陽一下山就紮營。我知道我們應該繼續走：沒有水的夜晚，我們是熬不過的。但，我們把降落傘裁下的布片帶來了。如果有毒物質不是來自上面的塗料，那麼明天早上，我們就有東西喝了。一定要佈妥搜集露水的陷阱，我們再一次的，將它們整齊地鋪在星光下。

北方，傍晚的天空純淨無雲。不過，風裡挾帶的味道不一樣了。風向也變了。沙漠的熱風已經吹來。這是猛獸清醒的時刻！我可以感覺到牠在舔我們的臉和手。

但，就算我們繼續走，也走不到十公里。三天來，在沒水喝的狀態下，我們已經走了一百八十多公里……

就在我們打算休息的時候：

「我跟你保證那是座湖。」培沃特跟我說。

「你在胡言亂語！」

「都這個時候了，黃昏了，還可能有海市蜃樓嗎？」

我沒回答。我很早以前就放棄了，放棄相信自己的眼睛。那或許不是海市蜃樓，但又如何，不過是我們腦袋發昏的幻想。培沃特怎麼還會相信自己的眼睛？

培沃特非常堅持：

「只有二十分鐘的路程，我要過去看看……」這股頑固勁兒激怒了我。

「去看啊，去散散心……對身體再好不過了。就算那真的是湖，也是鹹的，你要搞清楚。管它是鹹是淡，都去死吧。更何況，那根本不是真的。」

培沃特怔怔地望著前方，慢慢地走遠。這些耍人的手段，我清楚得很！我心想：「有些夢遊的人還會直直衝向疾駛而來的火車呢。」我知道培沃特回不來了。發現那裡空無一物，頭腦昏亂的他，將無力掉頭。更或許，再走遠一些，他就會透支倒地。他將死在那裡，而我死在這裡。所有的一切，都不重要了！……

這種一切都無所謂了的心態，我認為不是個好兆頭。在水中載浮載沉之際，我也曾感受過同樣的平靜。趁著心下平靜，我趴在石頭上，開始寫最後的遺言。那是封很美的信。非常有尊嚴。裡頭充滿了智慧的忠告。重讀時，我隱約感到一股虛榮的快感。人們一定會這麼評價這封信：「這真是一封絕妙的遺書！他就這麼死了，真可惜！」

我也想了解我現在的狀況。我試圖擠出口水，我有幾個鐘頭沒吐口水了？嘴裡已經沒有口水。我如果閉上雙唇，就會有一種黏黏的物質封住唇瓣。這東西乾了之後，會形成硬邦邦的外緣。儘管如此，我還勉強可以去除這層封口膠膜。我的眼裡不再冒金星了。若這種璀璨的景象出現，表示我只剩兩個小時了。

天黑了。月亮比前一晚長胖了不少。培沃特沒回來。我背部朝下地仰躺著，反覆地思索眼前顯而易見的事實，竟有一種熟悉的感覺。我努力地想弄清楚這感覺，我……我……我在一艘船上！在前往南美洲的船上，我就是像這樣仰躺著，在船的上層甲板上。長長的桅杆尖端在漫天的繁星當中，前後左右的緩緩晃動。這裡沒有桅桿，但我確實是在船上，航向一個我再怎麼努力都扭轉不了的目的地。黑奴販子將我綑綁，扔到了船上。我想到了回不來的培沃特。我從來沒有聽他抱怨過，一次都沒有。這一點很好。不然我可能會受不了。培沃特是條漢子。

啊！他在那裡，離我大約五百公尺的地方，揮舞著他的手電筒！他找不到他留下的足跡了！我手邊沒有燈可以回應他，我站起來，放聲大喊，但他沒聽見……

離他的燈光大約兩百公尺的地方，出現了第二盞燈、第三盞燈。天啊，是搜救隊，他們來找我們了！

我大喊：

「喔喂！」

但他們沒聽見。

三盞燈持續揮舞著，發出救援的信號。今晚，我腦袋很清楚。我感覺很棒。我很平靜。我屏息凝神地看著那邊。五百公尺外，有三盞燈。

「喔喂！」

他們還是沒聽見。

瞬間我慌了手腳，這是唯一的一次。啊！我還能跑：「等一下……等一下……」他們要掉頭了！他們要離開這裡，到別處搜索了，而我，眼看著就要倒下！我就要倒下了，就在這命懸一線，等著有人伸出手來迎接我的時刻！……

「喔喂！喔喂！

「喔喂！」

他們聽見了。我跑得快喘不過氣了，但腳下依舊沒有停歇。我往聲音傳來的方向奔跑：「喔喂！」我看到了培沃特，然後倒下。

「啊！當我看見那些燈光時……」

「什麼燈光？」

是啊，他只有一個人。

這一回，我沒有感到任何失望之情，反倒是有一把悶悶的怒火在心底燃燒。

「你的湖呢？」

「我一靠近，它就退走。而且我朝著它的方向走了半小時了。只要超過半小時，就是走得太遠了。所以我掉頭回來。但是，我現在可以肯定那絕對是湖……」

「是你腦袋不清楚了，徹底地瘋了。啊！你幹嘛這麼做？為什麼？」

他做了什麼？他幹嘛這麼做？我氣得哭了，只是我不明白我到底在氣什麼。培沃特氣若游絲地跟我解釋：

「我好想找到水……你的嘴唇都白了！」

啊！怒火瞬間消失……我用手擦了一下臉，就像我才剛起床一樣。我覺得自己好悲哀。我慢慢地說：

「我看見了，就像我現在看到你一樣。我清楚地看見了，不可能出錯，有三道燈光……培沃特，我跟你說，我真的看見了。」

培沃特先是不說話，然後開口說：

「是啊，」他終於坦承：「情況很糟糕。」

少了飽含水氣的大氣層，這片大地輻射散熱的速度非常快。氣溫已降得非常低。我起身走動。沒多久全身就抖得讓人受不了。體內極度缺水，血液循環不良，冰冷的寒意刺骨，這不僅僅因為夜晚低溫的緣故。我的下巴喀喀發顫，全身不停抽搐。我的手抖得太厲害，連手電筒都握不住了。我向來不怕冷，然而，我竟要凍死了。口渴竟會產生這麼奇怪的症狀！

我任由身上的塑膠防水衣滑落地面，太熱了我不想穿。風勢愈來愈大。我發覺沙漠裡沒有擋風的地方……沙漠如大理石般光滑。白天，找不到涼蔭，夜晚，強風直接灌進全身。沒有樹，沒有圍籬，沒有岩石可以避風。強風撲面而來，那勢頭就像是騎兵隊在毫無障礙的平地上直衝過來。我繞著圈子想躲開它的吹襲。我躺下，又站起來。不管是躺下或站立，都得挨這冰冷鞭子的痛擊。我沒力氣了，又躲不開這些暴徒，我癱坐地上，將頭埋進手裡，等著彎刀落下！

許久後，我才回過神來。我重新站起身子，往前邁步，全身依舊抖個不停！我這是在哪裡？啊！我剛剛出發，我聽見培沃特在叫我！是他的呼叫把我喚醒……

我回到他身邊，全身發抖，還頻頻打嗝。我心想：「這不是因為寒冷。是別的緣故。生命已到了盡頭。」我嚴重缺水。前天，還有昨天，我單獨出發探路的時候，我走得太遠了。

我最後竟是冷死的，想到這裡就覺得好難受。我還比較喜歡腦裡產生的幻象：十字架、阿拉伯人、燈光。總之，這些開始讓我心動了。我不喜歡像奴隸一樣的遭受鞭笞受苦……

我再次跪倒在地。

我們隨身帶有一些藥品。有一百公克的純乙醚，一百公克濃度高達九十的酒精，以及一罐碘酒。我試著喝下兩三口純乙醚，感覺像是在吞刀子。又試著喝了一點濃度九十的酒精，但，我根本嚥不下去。

我在沙地上挖了一個洞，躺進去，然後用沙子覆蓋全身，只露出臉。培沃特找了一些小枯枝，堆起小小的火堆，這火要不了多久就會熄滅。培沃特不願意把自己埋進沙裡。他寧可踱著方步。他錯了。

我感到喉嚨發緊，這不是好兆頭，儘管如此，我卻覺得舒服了些。我覺得很平靜。我覺得自己平靜得超乎所有期待。儘管非我所願，我還是出航了，被綑在黑奴販子的販奴船甲板上，仰望滿天繁星。或許我還不算非常地不幸……

只要不動到肌肉，我就不覺得冷。於是，我忘了在沙堆底下沉睡的身軀。我一動也不動，就這樣，我永遠都不會感到痛苦了。而且，是真的，我幾乎感受不到痛苦……這一切折磨的背後結合了極度疲憊與幻覺。所有的一切都幻化成圖畫書，變成帶點殘酷的童話故事……方才，強風追著我不放，我為了躲開它，像隻野獸似的兜著圈子跑。後來，我跑得喘不過氣了。一隻膝蓋抵上我的胸膛。膝蓋。我掙扎地想要掙脫天使壓過來的重量。這片沙漠裡，從來就不止我一個。現在，我再也不相信身邊的任何東西了，我從自身抽離，我閉上眼睛，連根睫毛都不動。一波波畫面如滾滾洪流將我捲走，我感覺得到，它正帶著我奔向一處安詳幻境：水流入海，在海底深處沉澱。

別了，我親愛的你們。三天不喝水，人體就撐不下去，這並非我的錯。就算這樣，我也不認為自己完全受水的支配。也沒有懷疑人體的自主權會如此之短暫。我們以為人可以大無畏地往前邁進。我們以為人是自由的……卻沒看見那條將人綁在水井邊的繩索，那繩索宛如臍帶，將我們與大地之母的肚子綁在一起。我們只要多走了那麼一步，就是死路一條。

除了怕會給你們帶來傷痛之外，我了無遺憾。想想，我曾有過最美好的一頁人生。如果我回得去，我還是會重新再來一遍。我需要活著的感覺。在城裡，已經找不到像樣的人生了。

我指的不是飛行。飛機，不是結果，它是工具。我們不是為了想開飛機，而甘冒奇險。農民辛苦翻土，同樣也不是為了想開耕耘機。而是，藉由飛機，遠離城市，遠離那裡的汲汲營營，找回農民墾地的真理。

我們做著人該做的事，煩惱著人應有的煩惱。跟風、星星、黑夜、沙土、大海打交道。和大自然的力量較勁。我們等待黎明，一如園丁等待春天的到來。我們等著抵達中途停靠站，彷彿那是應許之地，並在繁星之間尋找自己的真理。

我沒有什麼好抱怨的。三天來，我不停地走，口好渴，在沙裡追線索，把露水變成希望。努力找尋我的同類，都忘了他們住在地上哪兒了。這些才是活著該去煩惱的事。我無法不把這些事看得比人們在向晚時分，煩惱著該上哪間音樂廳更重要。

我完全無法理解那些每天搭區間車的人，他們自以為過的是人的生活，然而，事實是他們像螻蟻一樣，被一股他們渾然不覺的壓力逼得只能循規蹈矩。還有那可笑的小週末，照理說應該可以自由自在了吧，他們又安排了什麼？

有一次，我在俄羅斯的一間工廠裡，聽見有人彈莫札特。我把這段經歷寫進一篇文章裡。之後我收到了兩百多封指摘謾罵的信。對於喜歡聽人扯著嗓門吼著唱歌的人，我沒有任何意見。我只是對專門拿這類歌曲賺錢的人有些不以為然。我不喜歡他們戕害人類。

我很高興自己能從事這樣的職業。我覺得自己很像在中途停靠站附近耕種的農民。我在搭區間車時，感受到的那種垂死掙扎，跟在這裡感受到的，根本是天壤之別！在這裡，仔細想想，是多大的福分啊！……

我沒有一絲遺憾。我賭了，然後輸了。這是我這一行既定的規則。只是，說實在的，我真的聞到了海風的味道。

舉凡只要嘗過一次，就絕對忘不掉這種食糧的滋味。是吧，我的同事們？我的意思並不是要大家冒險過刺激的日子。這樣的說法太過矯情。我就不喜歡鬥牛士這職業。我喜歡的不是冒險犯難。我知道我要的是什麼，我要的是人生。

天似乎就要亮了。我把手從沙堆裡拉出來。一塊布片就放在我伸手能及的地方，我伸手摸索，布片是乾的。再等等吧。多半要等到黎明時露水才會凝結。然而天光大亮了，布片依舊是乾的。我的思緒變得有些混沌，我聽見自己說：「這裡有一顆乾燥的心……乾燥的心……不懂得如何凝結淚水！……」

「走吧，培沃特！我們的喉嚨還沒閉上，還得繼續走。」

VII

吹的是能在十九個小時內能讓人乾渴而亡的西風。我的食道雖還沒緊閉，卻已經又硬又痛。我猜是有什麼東西在刮我的食道壁。隨即開始咳，是那種有人跟我描述過，同時我已經有心理準備的咳嗽。我的舌頭弄得我不太舒服。最嚴重的是，眼前已經開始出現亮晃晃的光斑。等這些光斑變成火焰，我就會倒下睡去。

我們走得很快。想趁著清晨涼爽的時候，多趕一點路。我們很清楚，別人也這麼說，不能在大太陽底下趕路。大太陽底下……

我們沒有權利流失汗水，甚至連等待的權利都沒有。清晨的涼意只含有百分之十八的濕氣。現在的風從沙漠來。在這騙人耳目的徐徐涼風中，我們的血液正一點一滴地蒸發。

第一天，我們吃了一點葡萄。緊接著三天下來，我們只吃了半顆柳橙，與半片瑪德蓮小蛋糕。我們哪來的唾液用來咀嚼食物啊？然而，我一點都不覺得餓，只覺得渴。而且，到了後來，與其說是覺得口渴，不如說是更強烈地感覺到口渴所引發的副作用。乾硬的喉嚨。舌頭腫脹。嘴裡乾癢的難受滋味。這些感覺對我來說是全新的體驗。有水的話，應該就能緩解，但我不記得我曾把這些感覺與水這個解方聯想在一起。口渴變得愈來愈像是一種疾病，愈來愈不像是一種渴望。

我依稀覺得泉水和水果的畫面已不再讓我感那麼撕心裂肺了。我忘了柳橙的光澤，一如它已忘了我的撫摸。或許我已經忘了一切。

我們坐下休息，可是得重新上路才行。

我們放棄了長距離跋涉。因為才走了五百公尺，我們就累得不支倒地了。我覺得躺在地上舒服極了。可是，得重新上路才行。

景色有了變化。石頭的間距加大了。我們現在踩在沙粒上。前方兩公里，都是沙丘。沙丘上有幾塊像是低矮植物的暗影。與鋼鐵盔甲相較，我比較喜歡沙子。這是金黃色的沙漠。這是撒哈拉。我以為我了解它……

如今，每走兩百公尺，我們就精疲力竭了。

「我們還是得走，至少要走到灌木叢那裡。」

到極限了。八天後，我們開著車，循著我們走過的足跡，前來找尋西蒙型飛機，同時確認了我們最後的這次嘗試共走了八十公里。也就是說，我總共長途跋涉了將近兩百公里。我怎麼還走得動？

昨天，我不抱希望地走。今天，這些字句已然失去了原先的意義。今天，我們走路是因為我們該走。大概就像犁牛應該要翻土吧。昨天，我夢想著一座植滿柳橙的樂土。但對今天的我來說，那已不能算是樂土了。我已不相信柳橙的存在。我的內心什麼都沒了，除了大片乾旱貧瘠的心靈。眼看著我就要倒下，卻沒有任何絕望之情。我甚至不覺得痛。我有些懷念痛的感覺：悲傷於我，就像水般溫柔。人們總是同情自己，然後朋友互相發牢騷。只是，在這世上，我已經沒有朋友了。

等他們找到我的時候，看到我雙眼灼傷，肯定會想我一定喊破了喉嚨，受盡了痛苦。只是衝動、遺憾、溫暖的痛，都還算是寶貴的東西。而我，我已經沒有任何寶貴的東西了。清新可人的少女在初識愛情滋味的那晚，同時也領略了悲傷，而後哭泣。悲傷與心弦的觸動兩兩不可分。而我，我已不再悲傷……

沙漠，就是我。我不再分泌唾液，腦子也想像不出能令我憧憬動容的溫暖畫面了。太陽已晒乾了我心底的淚泉。

話雖如此，我好像瞄到了什麼？渺渺的希望氣息，宛若海上驟然生成的風，吹上了我。剛剛那個早在我意識到它之前，便已激起我本能示警的跡象是什麼？什麼都沒有改變，然而全都變了。這層沙，這些小山丘，還有這薄薄的一塊綠意，不再是一片風景，而是一個場景。一個仍然空無一人的場景，但是已經完全架設好，準備就緒了。我望著培沃特。他跟我一樣的驚訝，只是他也搞不清楚自己是什麼樣的感覺。

我發誓情況有了改變……我向你們發誓沙漠裡有了動靜。我發誓眼前這片空無與靜默，立刻會變得比廣場上的人聲鼎沸更讓人動容……

我們得救了，沙子裡留有痕跡！……

啊！我們一度失去了人類的蹤跡，我們一度自絕於社會之外，我們一度孤立於世間，一度被一場全球大遷徙拋在後頭，而此時我們發現了印在沙子裡，奇蹟似的人類足跡。

「這裡，培沃特，有兩個人在這裡分道揚鑣……」

「這裡，曾有一隻駱駝跪臥……」

「這裡……」

然而，我們還沒有獲救。我們不能在這裡乾等。再過幾個鐘頭，就什麼都來不及了。耐著乾渴走路，一旦開始咳起來，就表示走得太急了。而且我們的喉嚨……

但是，我相信有個駱駝隊正在沙漠的某個地方，搖搖晃晃地前進。

就這樣，我們又走了一段距離。我突然聽見了公雞啼叫的聲音。吉奧梅曾對我說：「在安地斯山，眼看著就要油盡燈枯的時候，我聽見了公雞在叫，還聽到了鐵路……」

就在我聽見公雞叫的那一瞬間，我想起了他跟我說的這番話，於是我對自己說：「先前是我眼花了。大概是缺水引發的症狀。耳朵倒是堅持得比較久……」然而，就在此時培沃特抓住了我的手。

「你聽見了嗎？」

「什麼？」

「公雞！」

「所以呢，所以呢……」

所以，你這個笨蛋，這就是人生……

我眼前出現的最後幻象：三隻狗在互相追逐。培沃特也盯著看，卻什麼都沒看到。但我倆已然朝那個上前的貝都因人伸出了雙臂。我倆用盡了胸腔的最後一絲空氣，朝著他奔去。我倆高興得開懷大笑！……

然而，我們的聲音傳不到三十公尺遠。我們的聲帶已經完全乾涸。我們只能低聲說話，這一點，我們兩人竟然都完全沒發覺！

不過，那個貝都因人跟他的駱駝，剛剛走出小山丘的視線屏障之外，正慢慢地，慢慢地走遠。也許這個人是一人孤身在外。殘酷的魔鬼讓我們看見了他，現在又要帶走他……

我們已經跑不動了！

有另一個阿拉伯人從山丘的一側走出來。我們大聲呼叫，聲音卻小得可憐。於是，我們使勁地揮舞雙手，揮舞到我們以為天空都已經鋪滿了巨型的求救信號。可是，那個貝都因人始終望向右方……

這時，他開始不疾不徐地轉了九十度角。只等他轉到正面對著我們的那一刻，一切將水到渠成。只等他往我們這個方向看，籠罩我們身軀的渴、死亡陰影與幻覺都將消失無蹤。他已經轉了足以改變世界的九十度角。光是他上半身的動作，光是他眼神的流轉，他就已在創造生命，他在我的眼裡就是一尊天神……

是奇蹟……他踩著沙子，朝我們走過來，宛如海上天神……

那個阿拉伯人只是看到了我們。他伸出雙手按了按我們的肩頭，我們便對他唯命是從。我們直挺挺地躺著。這裡沒有種族、語言、你我之分……只有這個貧困的游牧人，宛若大天使般的將雙手放在我們的肩上。

我們臉貼著沙地，等著。然後，就以這個臉孔朝下的姿勢，躺著喝水，那模樣跟小牛沒有兩樣，我們整張臉都埋進了水盆裡。那個貝都因人嚇了一跳，不時地強迫我們暫停喝水動作。然而，只要他一不注意，我們又立刻把整張臉埋進水裡。

水！

水，你無色無味無臭，根本無法給你定義，我們品味你，卻不了解你。你不是生命的必需品，你就是生命的根源。你給我們的是一種無法用感官來闡釋的喜悅。有了你，那些我們先前放掉的所有能力，全都回來了。拜你所賜，心底乾涸的水源，又在我們體內開通了。

你在大地的腹中，如此純淨，你是這個世上最偉大的珍寶，也是最微妙的。人們會因為喝了含鎂的泉水而死。人們會在鹽水湖附近倒地身亡。就算只含有些微的懸浮鹽分，這樣的露水喝下兩公升，人們還是會死。你謝絕所有的混合體，排拒任何成分的變動，你是潤澤大地的神……

你給予我們的心靈無窮無盡的單純幸福。

至於你，我們的救命恩人，利比亞的貝都因人，你在我的記憶中卻永遠是那朦朧的樣子。我再也記不清你的長相。你是我的大恩人，卻是以許多人共有的大眾樣貌出現在我的面前。你從來沒有細細地打量我們，但你認出了我們。你是仁慈的弟兄。下一次，我一定能在人群中認出你來。

我覺得你人格高貴又善良，是能慷慨分享飲水的大人物。我所有的朋友、我所有的敵人都匯聚在你身上，你既朝我走過來，我在這世上再也沒有任何一個敵人了。

人類

8

I

我又一次地觸及了一個我沒能理解的真理。我以為我迷路了，我以為我已經徹底絕望了，以為只要放棄一切並接受它，心就能獲得平靜。似乎在那種時刻，人才能認清自己，然後成為自己的朋友。沒有任何東西可以超越那種圓滿的感覺，那種連自己都說不上來是哪個不自知的重要需求獲得滿足時的完滿。我想，那位耗盡心力馳騁追風的彭納福，一定曾體會過這樣的從容平靜。我怎麼忘得了，整個人從脖子到腳埋在沙子裡，蓋著繁星披風的自己，慢慢等著乾渴而死時，內心卻是如此地溫暖。

如何把這種解脫的感覺化為自身的助力呢？人的世界到處充滿矛盾，這一點我們都知道。我們努力讓某個人衣食無缺，好讓他專心創作，結果那人卻終日貪睡。百戰百勝的征服者也會變得懦弱怯戰，生性慷慨的人，一旦發了財，反而會變成小氣鬼。宣稱要讓人人充分發揮長才的政治教條能管什麼用，如果我們不先去了解這些教條能讓哪一類的人發揮長才的話？誰該降生於世呢？我們不是被圈養，餵食飼料的牲畜，世上出了一個可憐的帕斯卡[48]，比多生出幾個一生順遂的無名小卒要強得多。

重點是我們無法預知。我們當中的每一個人都是在一無所有、無可留戀的情況下，才開始感受到最溫暖的幸福。這幸福的感覺在我們心裡留下無限的懷想，甚至讓我們開始懷念起之前的悲慘，只要悲慘能夠帶來這樣幸福的感覺就好。在搜救同事的過程中，我們每個人都嘗過這類痛苦回憶下產生的狂喜。

我們明白了什麼呢？除了未知的情況能滋養我們，讓我們成長，人的真理在那裡面嗎？

真理，毋須證明。如果在這塊土地上，而不是在別的地方，柳橙樹能長出堅韌強壯的樹根，結出累累果實，那麼這塊地，就是柳橙樹的真理。如果這個宗教，這個文化，這個價值尺度，這種形式的活動，而非其他別的，有助於人達到圓滿的境界，幫助人釋放出他尚且不自知的高貴情操，那麼這樣的價值尺度，這樣的文化，這種形式的活動就是人的真理。其中的邏輯是什麼呢？人要從逆境求生，才能領悟人生。

本書提及了好幾位我的夥伴，看起來，他們都是那種堅持奉行某種至高使命的人，他們選擇了沙漠或航線，就像別人選擇了修道院一樣。然而，如

48 Blaise Pascal：一六二三～一六六二，法國神學家、科學家、數學家。對數學的貢獻尤為卓著。

果我讓各位感覺我像是在吹捧讚嘆這些人的話，要知道這並非我的初衷。最值得我們讚嘆是塑造他們的那個環境。

不消說志向也扮演著一定的角色，有些人死守著自己的店鋪，另一些人則大步走自己的路，朝著必須前進的方向前進。早在這些人的童年時期，就可以找到一些初萌芽的衝動跡象，可以解釋他們後來的命運。但是，事後寫就的歷史常會造成假象。兒時的衝動幾乎在每個人身上都能找到。我們都見過一些店鋪老闆，某天夜裡驟逢變故或慘遭祝融，事後都站得比他們原先更高。他們對於圓滿的本質沒有絲毫的誤解，這場火災將是他們生命中的那個黑夜。然而，往往因為缺乏新的契機，缺乏有利的環境，缺乏必要的宗教信仰，他們就此沉睡，不相信自己能成大事。確實，使命感能幫助人們擺脫束縛，但人們同樣也要擺脫使命感帶來的束縛。

飛行的夜晚，沙漠的夜晚……這些是少見的契機，不是人人都能有的。然而，倘若有個時空背景讓他們醒過來了，他們全都會有同樣的需求。下面我要講述的事件，並沒有偏離主題，那是在西班牙的某個夜晚，那個夜晚教會了我許多事。我花了太多篇幅在幾個人身上，現在我想談談全體人類。

那年我以記者的身分，前往馬德里前線採訪。當天晚上，在一處地下防禦工事深處，我跟一位年輕的上尉軍官同桌吃飯。

II

正聊著天，電話鈴響了。上尉與電話那一頭交談了許久，事關一次地區性的攻擊行動，來自指揮部的命令。那是一場荒謬且絕望的攻擊行動，目標是一處工人階級聚居的郊區，要鏟除幾座變成了水泥碉堡的民房。上尉聳聳肩，走回來：「我們是我軍的先發隊伍……」說著，把兩只干邑杯分別推到在場的一名士官長與我的前面：「你跟我，第一批出動，」他對士官長說：「喝了它，去睡吧。」

士官長去睡了。我們約莫十幾個人圍著桌子守夜。這處掩護所砌得相當嚴實，連光線都透不進來，裡面的燈光卻異常銳利，逼得我頻頻眨眼。五分鐘前，我的目光掃到一個槍眼，我取下塞住洞口的破布，看到外面宛若鬼屋的殘垣斷壁，沐浴在如深淵底部幽微的幽冥月光下。我把布塞回去時，感覺像是在拭去流出來的油那般的擦去了月光。此刻，我的眼底還殘留著那慘綠碉堡的畫面。

這些士兵很可能再也回不來，但為了不丟臉，大家都閉著嘴不說話。這場奇襲已經準備就緒。人們總是在消耗人員。人們總是在消耗糧倉，再扔一把種子播種。

我們喝著干邑。我的右邊，有人在下棋。左手邊，有人在談笑。我這是在哪兒啊？有個喝得微醺的男人走了進來。他摩挲著臉上蓬亂茂密的鬍子，溫和的目光飄到我們這邊，接著游移到那瓶干邑上頭，旋即移開，又飄了回來，閃爍不定的目光最後乞憐似的落在上尉的身上。上尉低聲笑了笑。那男人似乎感覺到自己的懇求有望，也跟著笑了。四周響起細細的笑聲。上尉輕輕地將酒瓶拉開，那人的眼裡露出失望的神色，一場幼稚遊戲如此這般的開演，場景宛若某種無聲的芭蕾舞劇。濃濃的香菸煙霧裊繞，熬夜未眠的疲累，即將發動的攻擊畫面，如夢似幻。

我們躲在溫暖的船艙裡頭，玩著遊戲，外頭卻是爆炸聲轟隆不絕於耳，恍若拍打船身的海潮之聲。

這些人等一會兒將抹去身上的汗水、酒氣，與開戰前夕煎熬等待的憊懶。我感覺他們是如此地趨於純淨。但是他們仍舊百無禁忌地，大跳酒醉的芭蕾，搖晃著酒瓶。他們盡可能地讓這局棋持續下去。他們竭盡所能地讓生命延續。只是，他們已經設好鬧鐘，鬧鐘君臨天下地坐在架上。鬧鐘響了，於是這些人霍然起身，或伸懶腰或拉緊褲帶。上尉取出他的手槍。眾人醉意全消。所有人，還算井然有序地，踏上那條微微爬坡的通道，直到看見長方形門框中那片靛藍月色。他們嘴裡嘟囔著簡短的字句，像是：「該死的攻擊……」或是「好冷！」隨即往前衝。

時間到了，我全程目擊了士官長起床的過程。他在一個堆滿雜物的地下室裡，正躺在鐵床上睡覺。我看著他睡著的樣子。我好像也曾嘗過這種無憂無慮的安眠滋味，如是幸福。這讓我想起我墜落利比亞的第一個白天，那天我與培沃特因為缺水而倒在地上，怎麼也爬不起來，那時喉嚨還沒有真正乾渴欲裂的感覺，我們睡著了，唯一的一次，睡了兩個鐘頭。睡覺時，我覺得好像費盡了九牛二虎之力才將眼前的世界抗拒在外。這副軀殼仍願意給我安穩，身為主人的我只要將頭臉埋入臂膀，就這樣，我的這一夜跟任何別個幸福夜晚，就完全沒有差別了。

士官長就是這樣安穩地休息，身體蜷成一團，完全看不出人形，一直到有人過來叫醒他。他們點燃一根蠟燭，然後把蠟燭插在酒瓶的瓶頸上，一開始，我還看不清那堆不似人形的東西裡有什麼，除了一雙短筒皮靴之外。好大一雙金鉚釘靴，是那種打零工的工人或碼頭工人慣穿的皮靴。

這個男人腳上穿的是他工作的器具，他全身上下披掛的彈夾、手槍、皮背帶、軍用腰帶都是他的器具。就像馬兒上工得戴上馬鞍、轡頭，全套的馬具。摩洛哥的地窖裡，常可看到眼睛瞎了的馬在拉石磨。這裡，在搖曳的泛紅燭光中，人們還在慢慢地起身，那模樣就像眼睛瞎了的馬，被趕著去拉石磨。

「喂！士官長！」

他身體慢慢地動了動，露出睡眼惺忪的臉，嘴巴含混不清地咕噥著。他側身對著牆，一點都不想起來，繼續回到那宛如母親的肚子，又若海底般安穩平靜的深深睡夢中，雙手不時握拳鬆開，像是被幾根黑色海草纏住似的。必須幫他解開手指的纏繞。我們在他的床邊坐下，一人的手輕輕地伸進他的脖子下，微微抬起這顆憨笑的沉重腦袋。那畫面就像馬兒在暖烘烘的牲畜欄，互相溫柔地磨蹭脖頸。「嘿！夥伴！」是我這輩子見過最溫暖的畫面了。士官長仍頑強地想繼續他那快樂的夢，抗拒這滿是炸藥、疲勞、寒夜的世界。太遲了。來自外面的東西逼得他不得就範。就像是學校的鐘聲，在星期天，緩緩地喚醒該受罰的孩子。他忘掉課桌椅、忘了黑板、也忘了要受處罰。他夢見自己在鄉間玩耍。沒用的。學校的鐘聲沒有停歇，鍥而不捨地要把他帶回來，回到不公不義的人類世界。士官長跟他一樣，慢慢地回到這副常年疲勞損耗的軀殼，這副他並不想要的身軀，這副身軀讓他在這天寒地凍中醒來，等著緊接而來的可惡關節痛，然後披掛那身沉重的全套器具，再來是喘不過氣的狂奔，然後是死亡。死亡，還有讓雙手染血的黏稠感，都算不上是起床的好理由吧，呼吸困難、天寒地凍也不是。死亡的難受勁兒更不是什麼好理由。我望著他，回想起自己醒來時感到的悲哀，想起那再次襲來的乾渴、烈日、沙子，想起要再次扛起的生命重擔，想起我們無從選擇的這場夢。

可是，他起來了，雙眼直視我們的眼睛問道：

「時候到了？」

就在此時此地，人格出現了。就在此時此地，人超越了所有的邏輯預測：士官長竟然笑了！這股躍躍欲試的勁兒到底從何而來？我想起巴黎的某個晚上，我跟梅莫茲還有幾位朋友聚在一起慶祝什麼紀念日之類的，第二天凌晨，我們都倒在酒吧門口，因為話說得太多，酒喝得太多，還有因為毫無意義地把自己弄得如此疲憊狼狽而覺得噁心。天空已露出魚肚白，梅莫茲突然抓住我的手，手勁之大，明顯可以感覺到他的指甲掐入手臂。「你瞧，現在若是在達卡，是時候……」是那些技工揉著惺忪睡眼，把布套從螺旋槳上取下的時候了，是飛行員檢查氣象預測資料的時候，是跑道擠滿同事的時候。天空已換上彩衣，人們正在準備一場盛宴，只是這場盛宴是為其他人準備的，人們在為這場盛宴鋪上桌巾，只是我們不會是座上賓。是其他人在冒險犯難……

「這裡，真是骯髒……」梅莫茲不再多說。

而你，士官長你受邀出席的是怎樣的一場值得你捨身以赴的盛宴啊？

你跟我說過你的心裡話。你跟我說了你的故事：你原是巴塞隆納某地方的小會計，以前的你總是一行一行地記著帳，從不多管國家分裂的事。一天，有個同事投筆從戎了，然後是第二個，第三個，然後你驚訝地發現自己有了奇怪的轉變：你的工作在你眼裡，漸漸地變得愈來愈微不足道。你的喜悅、你的煩惱、你的小確幸，這一切彷彿是另一個時代的事。一點都不重要。終於，你認識的人當中有一位不幸在馬拉加[49]陣亡的消息傳回來了。你不是為了想替朋友報仇而來。至於政治，從來不曾上過你的心。然而，這個消息，宛如海風呼嘯，給了你們迎面痛擊，撞破了你們侷限的人生框架。那天早上，一名同事望著你，然後說：

「去嗎？」

「去。」

你們就真的「去了」。

49 Malaga：西班牙南部臨地中海城市，是西班牙的第二大港。

我的腦中浮現了幾幅畫面，為我解釋了你不知該如何用言語來闡釋的這個真理。你認定為理所當然的真理。

遷徙季來臨的時候，野鴨會在牠們的棲息地發起耐人尋味的遷徙潮。而人類豢養的鴨子，彷彿受到了那些三角形飛行隊伍的吸引，也開始笨拙地跳躍。也不知道野鴨的呼喊喚醒了牠們體內什麼樣的野性。農家豢養的鴨子瞬間變成了候鳥。這些堅硬小巧的腦袋瓜裡原本縈繞的不過是些水塘、蟲子、鴨舍等微不足道的畫面，竟霎時開闊起來，換成了無邊的大陸、海風的滋味、大洋的地貌。鴨子從前壓根兒沒想到自己的腦容量竟然大到能容納下這麼許多的奇景。於是牠鼓動翅膀，無視地上的穀粒、蟲子，一心只想變成野鴨。

不過，我腦中最常出現的畫面是我養的羚羊，我在朱比岬養的那些羚羊。我們每個人在那裡都會養羚羊。我們把羚羊圈養在柵欄圍住的露天羊欄裡，因為羚羊需要流動的清風，沒有任何生物比牠們更嬌貴。牠們在很小的時候就被人抓住，自此跟人類一起生活，啃食我們手上的食物。牠們任由人們撫摸，還用濕濕的嘴鼻磨蹭人們的掌心。

我們都以為牠們被人類馴化了，以為牠們在我們用心的呵護下成長，能免於牠們遭到未知的傷害。羚羊不會發出聲音，這使得牠們的死更加令人心痛……然而，有一天，你卻發現牠們壓低著頭用自己小小的羊角，朝著沙漠的方向，衝撞柵欄。牠們受到了磁場的吸引。牠們不知道這樣做是在逃離你們。你們帶牛奶過來，牠們會走過來喝。牠們還是會順從地讓你們撫摸，溫柔無比地把嘴鼻深深地埋進你們的掌心……但，你們只要稍稍放開他們，就會發現牠們看似快樂無比地跑跳一陣之後，都會回到柵欄邊上。如果你不加以驅趕，牠們會一直待在那裡，甚至不再嘗試衝撞柵欄了，只是呆呆地靠在那邊，用小巧的羊角抵著，頭頸低垂，至死方休。是發情的季節到了嗎，或者牠們只是單純的偶爾需要死命地奔馳一陣？牠們也搞不清楚。牠們被抓來帶到你們身邊的時候，眼睛都還沒完全張開呢。牠們根本不懂什麼是沙漠的自由，也不懂公羊該有什麼氣味。但是，你們的智慧比牠們的高。你們知道牠們在追尋什麼，是能讓牠們感覺圓滿的廣袤大地。牠們想要當真正的羚羊，盡情地騰空飛躍。以每小時一百三十公里的時速，領略筆直奔跑的速度感，然後偶爾遭逢突如其來的驚嚇，好比，這裡或那裡，沙地竄出的火焰。遇到豺狼又如何，說不定羚羊的真理就是要品嘗恐懼的滋味，唯有恐懼能逼得牠們自我超越，逼出最高的能量！遇到獅子又如何，若羚羊的真理就是在豔陽下遭獅爪開膛剖腹呢！你們看著牠們，心裡不由得這麼想：牠們想家了。思念，是一種說不清楚的渴望……這種渴望真真確確地存在，卻找不到言語來形容。

那我們呢，我們在思念什麼呢？

你在這裡找到了什麼，士官長，是什麼讓你產生了不能再漠視自己命運的那種感覺呢？或許是同袍的那隻手，輕輕地抬起了沉睡中的你的頭，又或許是那從不埋怨，又喜與人分享的溫暖笑容？「嘿，同志……」埋怨，還得要有兩造，還得要分裂。但人際之間的關係存在著一種高度，到了那種高度，感激與憐憫都已失去意義。到了這個境界，人們便如同獲釋的囚徒，自由呼吸於天地間。

我們兩兩一隊，兩架飛機結伴飛往當時尚未歸順的里奧德奧羅時，也體會到了這種團結一心的感受。我從沒聽過任何一位失事的同僚出言感謝下來救他的隊友。通常，在我們費力地把郵袋一袋一袋地搬到另一架飛機上時，甚至會互相飆罵：「混蛋！我會故障，都是你害的，幹嘛飆高到兩千公里，衝進逆風層！如果你乖乖地跟著我低空飛行，我們早就到艾提安港了！」另一位甘冒奇險前來相救的飛行員，也只能慚愧地自認是混蛋。我們之間還要說謝嗎？我們的生命，也有他的份。我們是同一棵樹上的枝幹。救了我一命的你，讓我覺得與有榮焉！

叫醒你準備赴死的那位仁兄，他能埋怨你什麼，士官長？你們為了彼此冒險犯難。這一刻，我們明瞭這樣的團結一心毋須語言。我明白你為何離開了。如果你待在巴塞隆納，孤苦零丁，下班後也只是孤家寡人一個，甚至身軀連個遮風擋雨的地方都沒有了。但在這裡，你有了實踐自我的成就感，你感覺與世界重新有了連結，那麼你，這個社會邊緣人，已經被愛包容。

我不在乎也不想知道，那些政客口裡的大仁大義是否真誠，是否合理，或許正是這些話讓你覺得醍醐灌頂。如果那些仁義道德的話，像種子發芽似的在你心裡生了根，那表示這些話回應了你的需要。你是唯一的評判。只有土地能辨識出麥子。

III

為著一個能置個人死生於度外的共同目標，弟兄們相互產生了羈絆，那麼只要我們還在呼吸，經驗將告訴我們，所謂愛並不是彼此互相凝視，而是共同望著同一個方向。若非同繫在一條繩上，團結攻向同一座山峰，就不會是同志。若非如此，為什麼在沙漠裡，就算在這樣舒適的年代裡，當我們拿出僅剩的食糧與他人分享的時候，會感到無上的喜樂？這能拿來反駁社會學家的預示嗎？對於我們之中曾在撒哈拉沙漠失事獲救，領略過那種狂喜的每一個人來說，別的喜樂都變得微不足道了。

這或許這正是今日世界在我們四周開始崩解的原因，為了宗教信仰承諾予他的圓滿喜樂，人人變得狂熱。矛盾的言詞底下，我們要表達的是相同的衝動。出現分岐矛盾的是實踐的方法，那是我們自行推理演繹得出的產物，而非目標——目標其實是一致的。

至此，我們已不再感到訝異。從來沒想過有個陌生的自己在心底沉睡的那一位，一次在巴塞隆納某處的反政府主義者聚會的地下室裡，就僅僅這麼一次，他感受到了到心底陌生的自己，因為犧牲奉獻、因為互相幫助、因為一幅公平正義的畫面而甦醒了，而甦醒的這個他，只認得一個真理：反政府主義的真理。這樣的他只要在巡夜的時候，挺身出面保護了一群驚恐瑟縮的當地小修女，便願意為了教會付出生命。

當梅莫茲以一副勝利凱旋姿態，飛縱智利境內的安地斯山山崖時，倘若你出言質疑，這有什麼好高興的，商人的信件犯不著他這麼出生入死，梅莫茲肯定會對你嗤之以鼻。事實是，飛越安地斯山脈時的那個他，是從他心底甦醒的那一個他。

如果你想用戰爭的恐怖來說服不反戰的人士，你絕對不能把他當成野蠻人看待，你得先去了解他，再來評斷他。

試想一下，里夫共和國戰爭時期[50]，在南方，有位軍官，據守前線的一座哨站，在異教徒佔領區的兩座山嶺之間孤軍奮戰。一天傍晚，他接待了從西方山脈下山的敵國國會議員。正禮貌性地招待對方喝茶時，一陣槍聲傳來。東方山脈的部落偷襲哨站。敵國的議員對氣急敗壞地想要趕他們離開，

50 Rif：一九二三～一九二六年間在摩洛哥西方伯伯爾人為反抗法國與西班牙殖民者而建立的國家。伯伯爾人曾積極抵抗西班牙與法國入侵撒哈拉沙漠，可惜各部落間內訌嚴重，無法團結。一九二一年其中一個部落的領導者擊敗西班牙的軍隊，於一九二三年成立里夫共和國，但國政始終不穩，一九二五年西班牙與法國聯合出兵，一九二六年里夫共和國亡。

好親上火線的那位上尉說：「今天我們是客，真主絕不會允許我們離棄你們……」他們於是加入軍官的麾下，與之並肩作戰，拯救了哨站，事後便回到他們居住的山頂雄鷹之境。

某天深夜，換成他們準備要對哨站發動攻擊了，他們派了使者面見上尉：「一天傍晚，我們幫了你……」

「確實……」

「我們為你消耗了三百發子彈……」

「沒錯。」

「所以公平起見，你要還我們這些子彈。」

上尉是個了不起的人物，他不願利用對方的高貴情操，搶佔優勢。明知對方會拿這些子彈來對付他，他還是把子彈還給了對方。

對人類來說，所謂真理正是人之所以為人的人格。當一個人從彼此的關係中看到了尊嚴，從遊戲中見到了忠誠，並願意賭上性命維護相互間的尊重時，若他把在自己能力範圍許可內所能做到的高貴行動，與煽動者愚昧鄉愿的行徑——一邊大力拍著同一群阿拉伯人的肩膀與他們稱兄道弟——等同視之的話，他在阿諛奉承他們的同時，也羞辱了他們。這個人，假設你對他感到不以為然，但想必也只覺得有些憐憫，有些不屑罷了。果真如此，那麼他就是對的。

不過，你厭惡戰爭，同樣也是對的。

想要了解一個人與他的需求，想要認清他人最要緊的東西，那麼絕不可以讓顯而易見的現實跟你的真理形成對立。是的，你是對的。你們都是對的。邏輯思考能證明一切。他是對的，就算把全世界悲慘的源頭都推到駝子的身上，他也是對的。如果我們向駝子宣戰，很快我們就會感受到何謂狂熱。我們要駝子為犯下的罪行付出代價。當然，駝子也確實犯下了罪行。

反而應該試著抽絲剝繭，找出這個最要緊的東西，暫時忘卻雙方的對立，一旦對立獲得確認，將衍生帶出一大籮筐無法動搖的可蘭經真理，進而引發宗教的狂熱盲從。我們可以把人分成右派與左派，駝子與非駝子，法西斯獨裁與民主制，這樣的區分無可厚非。不過，你們很清楚，真理本應是要讓世界變得單純，而非製造混亂的東西。真理，是暢行世界的語言。牛頓不是像解開字謎底下的解答那樣的「發現了」一條定律，而是完成了一個創造性的計算。他創造了一種人類的語言，可以同時解釋蘋果何以會往下掉，而太陽卻往上升。真理，重要的不是它的證明過程，而是它簡化得出的結果。

意識形態的討論有什用？如果所有的意識形態都獲得證明，結論也依舊是對立，這樣的討論只會讓人類更加絕望，永遠得不到救贖。然而，世界各地的人，我們周遭的人，都展現了同樣的需求。

我們希望能夠獲得自由。拿鏟子的人想要知道他那一鏟子下去有什麼意義。苦刑犯的一鏟，對苦刑犯是一種羞辱，相反的，地質探勘學者的一鏟卻完全不是這麼回事，那一鏟能讓他更偉大。囚禁苦刑犯的監獄不會建在犯人鏟土的地方。此事跟實質的厭惡無關。苦刑犯監獄會座落在鏟土行為完全不具意義的地方，不讓人聯想到它給一般人類社區帶來的意義。

於是，我們想要逃離監獄。

歐洲有兩千萬人，活得不具任何意義，夢想著新生。工業將他們從農業體系的語言拉出來，將他們禁錮在宛若堆滿了烏黑車廂的火車調車場的巨型貧民窟裡。他們在工人社區的最深處，想要被喚醒。

還有其他人，被困在各種行業錯綜複雜的環境中，在那裡，找不到拓荒先鋒者的喜樂，信徒的喜樂，學者的喜樂。我們以為只要給他們衣服穿，把他們餵飽，滿足他們所有的需求，就能讓他們感覺偉大。我們慢慢地把他們打磨雕塑成為庫特琳[51]筆下的小資產階級，小鎮的政客、封閉世界裡的技術員。就算給他們好的教育，也無法讓他們有文化。關於文化，他自己塑造了

51 Georges Courteline：一八五八～一九二九，法國小說家、劇作家。

一個蹩腳的想法，他以為所謂文化取決於記得多少禮儀規範。中學數理資優班[52]裡成績再差的學生對於自然與自然的定律，知道的都比笛卡爾和帕斯卡還多。只是他有能力進行同等的邏輯思考嗎？

所有人，或多或少，都隱隱約約地感受過那種想要新生的需要。然而，世人提出的解方都是蒙蔽人的做法。給人穿上制服，的確可以激發出人們的力量。屆時，他們將高唱聖戰頌歌，撕開麵包與袍澤分享。他們將找到一直在尋找的東西，同一信念的滋味。然而，他們獲贈的麵包，卻害得他們失去生命。

我們可以從土裡挖出木頭神像，然後讓古老傳說重生，這些傳說，無論如何，都經歷過時間的考驗。我們可以讓泛日耳曼主義，或羅馬帝國重生。我們可以讓德國人深深以自己身為德國人，或因為自己與貝多芬同為一國人而興奮陶醉。甚至讓運煤工人都深深為之陶醉。是的，這比從運煤工人身上喚醒一個貝多芬要簡單多了。

但這樣的神像是吃人的神像。為了追求新知，或為了治癒疾病而獻出生命的人，他死的同時，也已為自己的人生鞠躬盡瘁。或許為了擴展國家疆域

52 Spéciales：法國中學專為報考理工學院所設的數理課程。

而犧牲是件很光榮的事，但今日的戰爭卻是在摧毀它聲稱要造福的事。時至今日，整件事已不再是單純地灑點熱血，激起全民族義憤那麼簡單了。自從飛機與芥子毒氣[53]加入之後，戰爭就已經變成血淋淋的外科手術。人人躲在水泥牆後，所有人，因為沒有更好的應對辦法了。夜復一夜，派出一隊又一隊的空軍中隊，空襲對方的心臟地帶，轟炸他的主要核心，癱瘓他的生產與貿易活動。勝利者是能撐到剩最後一口氣的那一方。事實上，雙方同樣生靈塗炭，氣若游絲。

在一個變成荒漠的世界，我們渴望找到志同道合的同伴。與袍澤共享一塊麵包的滋味，讓我們接受了戰爭的價值。但，在邁向同一個目標的道路上，並不是一定需要戰爭才能找到並肩同行的夥伴伸出溫暖的臂膀。戰爭矇騙了我們。在這條道路上，憎恨激不起半點激昂豪情。

為什麼要互相憎恨？我們是生命共同體，生活在同一個星球之上，在同一條船上。雖說各個文明之間，互相對抗競爭有助於彼此撮合，發展出新的結合體，但，若彼此互咬，恨不得吞掉對方，那就萬劫不復了。

既然，想要獲得解放自由，只需要幫助大家意識到需要一個讓彼此產生

53 ypérite：一種藉由皮膚接觸的糜爛性毒氣，因為氣味近似芥末而得名。德軍在第一次大戰時首次使用。

羈絆的目標就行了，那何不去找個能夠讓大家團結一心的目標呢？巡房的外科醫生不會用聽診器聽病人的抱怨，聽診器是用來治療病人的。外科醫生用的是一種普世通用的語言。物理學家也一樣，當他在思考那些絕妙的方程式時，他同時通曉了原子微粒與天外星雲。就算是單純的牧羊人也一樣。寒酸的牧羊人在星空下看管寥寥數隻羊，但如果他意識到了他扮演的角色，領悟到自己不只是個僕人呢？他是個哨兵。每一個哨兵都扛著巨大帝國的一份責任。

你以為那個牧羊人不希望自己領悟到這一點嗎？我曾到馬德里前線的一所學校參訪，校區位在離戰地壕溝大約五百公尺遠的小山丘上，一堵低矮石牆後面。隊上的一名下士在那裡教授植物學。他手捻一朵番紅花，實物解說花的各種脆弱器官，總能吸引一大群滿臉鬍鬚的跟隨者。他們從四周的爛泥地裡現身，往他那裡移動，宛若朝聖隊伍，無懼砲彈飛來。待他們在下士身旁，盤腿而坐，握拳支頤，一一就定位之後，便安靜地仔細聆聽他的解說。他們蹙起眉毛，咬緊牙關，雖然聽不太懂講解的內容，但因為有人曾對他們說：「你們都是些大老粗，根本沒見過世面，要趕緊追上人類的腳步啊！」所以，他們急急地踩著沉重的步伐過來，想要追上人類的腳步！

等我們意識到自己扮演的角色時，就算是最可有可無的角色，只要能為此感到幸福就好了。好希望我們能夠就此過上平靜的日子，然後平靜地死去，因為能賦予生命意義的東西，也能給死亡帶來意義。

在萬物井井有序的年歲，死亡是如此美好的一件事。普羅旺斯的老農，壽終正寢後，將他統治下的羊群與橄欖園傳承給他的兒子，好讓它們能夠一代接著一代地父傳子，子傳孫。世代務農的家族子弟離世，絕非兩手一攤什麼都沒留下。他們每一個都像爆開的豆莢，循序留下種子。

有一次，我碰到三位農家子弟，圍在命危的母親床前。當然，那場景令人心痛欲絕。這無疑是二度剪斷母子間的臍帶。聯繫了兩個世代的結，第二度被解開。三個兒子覺得孤立無助，還有好多東西要學，他們失去了節慶時一家團圓的餐桌，失去了凝聚全家大小的磁極。但我也發現，這樣的割捨或許也給了生命第二次的契機。兒子們，輪到他們擔起當家的責任，成為凝聚家族的重心，然後逐漸子孫滿堂，最後輪到他們交棒的時刻來了，他們於是再把手上的棒子交給滿院子跑的小輩。

我望著那位母親，老農婦滿面風霜而安詳的臉，嘴唇緊閉，這張臉變成了石頭面具。我在那上面看到了她兒子們的臉。這張面具複刻了他們的臉。這具身軀複刻了這些身軀，這些美麗的人類範本。如今，她躺在那裡，形銷骨毀，像是取走了內裡的粗糙外殼。輪到他們了，兒子或女兒都一樣，用他們的血肉印刻複製小人兒。農莊裡，世代傳承精神長存。母親走了，母親的精神萬世長存！

哀痛欲絕，是的，但這家族傳承的畫面竟是如此之單純，一路上，一個一個地割捨掉美麗的鶴髮遺骸，再藉由生命的蛻變，走向我所不知的真理。

正因如此，那天傍晚，鄉間小鎮敲響的喪鐘，聽在我耳裡，彷彿充滿了，不是絕望，而是一種淡淡的、暖暖的喜悅。相同的鐘聲送人入土為安，也慶祝人們受洗，鐘聲再次宣告了世代的傳承。聽見鐘聲頌讚一位可憐老婦與大地結合為一體，內心只有無限的平靜。

循著樹木緩慢生長步調，如此這般世代相傳的是生命，還有意識。多麼玄奧的成長啊！從一方熔岩、一塊微晶基岩、一個奇蹟似的發了芽的活細胞，我們逐漸成長進階，一直到譜出大合唱，在銀河中取得一席之地。

母親不僅僅把她過往的人生經驗傳承給她的兒子們，教導他們學習一種語言，她還把歷經數個世紀慢慢累積的行囊，以及她個人積攢的精神財產，一小份的傳統、觀念與神話都託付給了他們，這正是牛頓或莎士比亞跟穴居的野蠻人之間最大的差異所在。

就是我們飢餓時的那種感覺，就是這份飢渴推著西班牙士兵，在砲火之下仍前往聽講植物課。它推著梅莫茲往南大西洋飛，把另一個人推進詩歌裡，創世的篇章還沒寫完，我們必須認清自己，認清這個宇宙。我們必須在夜裡拋出舷梯。那些認定事不關己，凡事冷眼以對才是真智慧的人，他們沒能認清這一點：這樣的智慧根本與魔鬼無異！同志們，我的同事們，我要請你們做見證：我們在什麼時候最能感到幸福呢？

IV

走筆至此，本書的最終篇，我想起了首班郵航起飛的破曉時分，那些一路襄助的老公務員，在我們將要蛻變成男子漢的準備階段，幸運地有他們相伴。其實，他們跟我們很像，只是沒有領悟到那份飢渴罷了。

人們放任自己沉睡得太久了。

幾年前，一次漫長的鐵道之旅途中，我想去參觀一下這個行進間的國度，也就是我將被關上三天，被海水捲起的鵝卵石拍打噪音籠罩整整三天的地方，於是我站起身。在約莫凌晨一點的時候，走完整輛列車。臥鋪空蕩蕩的。頭等車廂空蕩蕩的。三等車廂卻擠滿了數百名被法國辭退的波蘭籍移工，要回到祖國波蘭。我被迫跨過一些人的身軀，才能擠進車廂走道。我停下腳步，看看四周。小夜燈的燈光下，在這樣一個沒有隔間形似通鋪，飄散著類似軍營或警局氣味的車廂裡，我看著這一大群人，因為列車快速移動，像是奶油一樣的被攪拌融合成一大塊。所有人彷彿都陷入愁雲慘霧之中，等著回到自己的悲慘世界。許多厚實的光頭趴在木頭座椅上，搖搖晃晃。男男女女，大大小小，人人左搖右擺，彷彿遭遇了這些噪音、這些顛簸的攻擊，稍有不慎便要遇難，完全無法安穩入眠。

我覺得這些人已經喪失了身為人的一半價值，被經濟的洪流拽著，從歐洲的一頭流離到另一頭。他們離開了北方的小屋，離開了小巧的花園，離開了以前那些波蘭礦工家窗臺前吸引了我目光的三盆天竺葵。用繩子隨便綑綁，滿得快要撐破的行李箱，裡頭只收拾了幾件廚房器皿、幾件被褥和布帘。在法國停留的四、五年間，他們曾經溫柔呵護，曾經耐心馴養的一切，貓、狗與天竺葵，都被迫丟下，他們只帶得走這些廚房用具。

一個孩子依偎著母親吸奶，累極了的母親好像睡著了。生命在這趟旅程的荒謬與混亂中傳承。我望著那位父親。光禿的頭顱重得像石塊。他全身蜷成一團，以這種極不舒服的姿態，沉沉睡去，身體仍監禁在那套工作服裡，上面滿是補丁與破洞。那男人活像是一堆黏土。就這樣，這群幾乎不具人形，窮途潦倒的人，東倒西歪地靠著統艙的長條板凳上過夜。我認為問題不在於悲慘、汙穢與醜態。這位男士與這位女士在過去的某一天相識了，男士大概對女士笑了一下，他可能在下班之後，帶了鮮花去找她。他笨拙羞怯，或許還微微發著抖，怕自己的心意遭到漠視。然而，那位女士自信優雅，甚至俏皮地看著他心急如焚的模樣，沾沾自喜。如今這位男士只是一個鏟土或捶打的機器，內心隱著一種甜蜜的焦慮。讓人猜不透的是，他們都變成了一塊塊的黏土。他們到底被放進了什麼樣可怕的模板裡了，竟像遭到沖壓機碾過似的？老去的動物尚且保有一派的優雅。為什麼上帝創造的漂亮泥人，竟會磨耗至此？

我穿過這些睡得並不安穩的人，就像橫渡難行之境，繼續我的路程。空氣中飄浮著交織了低啞鼾聲、嘟囔的抱怨與皮鞋擦刮地面的聲響。這一頭聲音甫落，另一頭又隱約響起。而且，與那永不停歇的海水翻捲鵝卵石的拍打噪音，始終低聲唱和。

我在一對夫婦的正前方坐下。男人與女人中間勉強挪出點空間，塞了個孩子。孩子睡著了，身軀仍不安分地扭動著。在小夜燈的燈光下，我看見了孩子的臉。啊，多麼可愛的小臉蛋啊！是這對夫婦誕下的燦爛瑰寶。厚重的破舊衣衫底下竟誕出了這樣集聚優雅與魅力的成品。我俯身向前，細看那光滑的額頭、微微嘟起的柔嫩雙唇，我不禁要想，這是一張音樂家的臉啊。這是小莫札特，是生命的美好禮讚！只要有人好好地保護他、呵護他、教育他，他將會成為傳奇故事裡的小王子！他若是在花園裡育種栽培出的新品種玫瑰花，定能讓所有的園丁激動不已。他們會給它獨立的空間，呵護它、幫助它。然而，沒有這樣的園丁來培育人類。這個小莫札特很可能跟其他人一樣，終至遭沖壓機碾壓。於是這個莫札特只能滿足於差勁的音樂，在臭氣沖天的咖啡館裡表演。莫札特沒了。

我回到自己的車廂，心想這些人對自己的命運一點都不覺得難過。我內心糾結的點跟慈善救濟完全無關。重點不在於對一道永遠不會好的傷口心酸難過，而是有了傷口的人並不覺得痛，這才是重點。這是整個人類群體的事，不是某個單一個人這裡受了傷，肢體損壞而已。我一點都不相信人的惻隱之心。令我耿耿於懷的是，園丁的看法。我耿耿於懷的點，不是悲慘貧困，畢竟，人安於悲慘，也同樣安於懶散。東方人世代生活匱乏，卻也安之若素。我耿耿於懷的是，一般的食物無法治癒這傷口。我耿耿於懷的，不是那些破洞，那些補丁，也不是那些礙眼的醜態。應該說我有點害怕，害怕這些人當中的每一個，他們心底的莫札特被扼殺了。

唯聖靈往泥人身上吹氣，才能創造出人。

愛經典 021

風沙星辰【獨家隱藏夜光版】

Terre des hommes

作者　安東尼．聖修伯里（Antoine de Saint-Exupéry）
譯者　蔡孟貞

出版者　愛米粒出版有限公司
地址　台北市 10445 中山北路二段 26 巷 2 號 2 樓
編輯部專線　(02) 25622159
傳真　(02) 25818761【如果您對本書或本出版公司有任何意見，歡迎來電】

總編輯　莊靜君
校對　金文蕙
行銷企畫　許嘉諾
行政編輯　曾于珊
印刷　上好印刷股份有限公司
電話　(04) 23150280
初版　二〇二二年（民 111）六月十日
定價　280 元
讀者專線　TEL：(02) 23672044 / (04) 23595819#230
FAX：(02) 23635741 / (04) 23595493
E-mail：service@morningstar.com.tw
網路書店　http : //www.morningstar.com.tw
郵政劃撥　15060393（知己圖書股份有限公司）
法律顧問　陳思成
國際書碼　978-626-95924-4-9　　CIP：876.57/111007402

Emily Publishing Company, Ltd.

因為閱讀，我們放膽作夢。愛米粒不設限地引進世界各國的作品。在看書成了非必要奢侈品，文學小説式微的年代，愛米粒堅持出版好看的故事，讓世界多一點想像力，多一點希望。

愛米粒 FB

填回函送購書金